岡崎琢磨

下北沢インディーズ ライブハウスの名探偵

実業之日本社

実業之日本社文庫

"My music will go on forever.
Maybe it's a fool say that,
but when me know facts me can say facts.
My music will go on forever."

Bob Marley

Contents

track 1　ブチギレデジタルディレイ

1

「――連載、ですかあ?」

殺風景な編集部のオフィスに、わたしのすっとんきょうな声が響き渡った。

「そうだ。連載だ」

前菜じゃねえぞ、と言って大久保祥一《おおくぼしょういち》は笑う。

「音無《おとなし》には、ひとまずコラムの連載をやってもらうことにした」

中高生のころから愛読していた音楽雑誌『ロック・クエスチョン』、通称RQ。

その編集部に新卒で採用されてから、まだほんの三ヶ月である。自分で言うのも何だが、胸に希望満ち、情熱にあふれた時期ではある。とはいえ新人編集者としてよちよち歩きを始めたばかりの自分がいきなり連載とは、何かの間違いではないのか。

「編集長。それって、わたしに務まる仕事なのでしょうか」

思っていたことが、つい口から転がり出てしまった。デスクのそばに立つわたしに向けて、大久保は回転椅子から鋭い目を投げる。

「務まらない仕事なら、やらせん」

ＲＱの五代目編集長として、音楽ファンのあいだでは知らない者はない大久保も、素性を知ればただのダジャレ好きなおじさんだ。初めて会ったときは憧れが先行し、声が震えたほどだったけれど、知名度のわりに少人数の編集部内でいちいち緊張してもいられない。部内の空気が元々フランクだったこともあり、三ヶ月をともに過ごすうちにわたしも、小学生のころの担任教師くらいの感覚で口が利けるようになっていた。

「音無がやる新連載は、無名のインディーズバンドを発掘するコラムだ。まだメジャーレーベルが手をつけていない、それでいて将来有望なバンドを探し出して、半ページを割いて紹介してもらう。今風に言えば、『ディグる』ってやつだな」

日本の音楽界においては、日本レコード協会の正会員であるレコード会社を《メジャー》と総称し、それ以外のインディペンデントレーベルを《インディーズ》と呼ぶ。ただし、日本のメジャーとインディーズの定義は曖昧で、たとえば日本レコード協会の正会員ではない会社から音源をリリースしても、流通や販促をメジャーのレコード会社がおこなうことがあり、この場合はメジャーと同等の扱いを受ける。ＩＳＲＣ（国際標準レコーディングコード）という番号を割り振られた音源が流通することを《メジャー流通》と呼び、このメジャー流通で音源をリリースしたとき、いわゆる《メジャーデビュー》したとされることが一般的だ。

ややこしい定義の話はさておき、わたしが取り組む新連載は、まだメジャーデビューしていないバンドを取り上げるというコンセプトらしい。

「それって、いきなり大物や人気者を任せるわけにはいかないから、ってことですよね」

「察しがいいな。まずは、この連載で力をつけろ」

あるアーティストの記事を書くにあたっては、相手の音源を聴き込むことはもちろん、過去のライブやインタビューを引き合いに出すなど、豊富な知識が必要となる。したがってＲＱ誌ではアーティストによって担当の編集者がつく形を取ることが多く、その関係性しだいで取材がしやすくなったり、記事が充実したものになったり、さらにはイベントにブッキングしやすくなったりもする。アーティストとうまく付き合うことは、編集者にとってきわめて重要な仕事のひとつであり、経験がものを言うのだ。

「なるほど。そういうことでしたら……」

気楽な仕事だ、などとは口が裂けても言えない。それでも、まだしも自分に務まるかもしれない、とは思った。

大久保は椅子にふんぞり返る。

「音無、うちの雑誌は読んでたんだろ」

「それはもう。三ヶ月に一回は買ってました」

「毎号買えよ、バカやろう」

ＲＱは月刊誌である。

「いやあ、学生のお財布では厳しくて……」

「ま、いいや。読んでたなら、記事の雰囲気はだいたいつかめているはずだ。連載、書けるな？」

文章だけなら、書けないこともないだろう。就職試験のエントリーシートではＣＤアルバムのレビューを書かされたし、新人研修でも記事を書くための技術を叩《たた》き込まれた。だけどそれ以外の、実践的なノウハウがまだない。

「あの、将来有望なインディーズバンドって、どうやって探せばいいんですかね」

大久保が眉間に皺《しわ》を寄せたので、何か言われる前に続けた。

「ライブハウスに足を運ぶとか、ネットで情報を収集するとか、そういった方法は思いつきます。ですが、なにぶんわたしも東京に出てきて日が浅いので、編集長が想像する以上に、そのあたりの事情に疎いのです」

わたしは東北の大学の出身で、就職とともに上京してきた。まだ、田端《たばた》と田町《たまち》の区別もつかないし、ディズニーランドにも行ったことがない。

「なので、何かひとつ、取っかかりを与えていただけると大変ありがたいのですが……」

「仕方ねえな」

赤ん坊の面倒見るのは今回限りだぞ、と編集長は念を押してから、言った。

「下北沢《しもきたざわ》の『レジェンド』ってライブハウスに行ってみろ」

「レジェンド……ですか」

聞いたことあるような、ないような。少なくとも、行ったことはない。

「有名なライブハウスなんですか？」

「まあ、有名っちゃ有名だな。といってもキャパは三百かそこらで、特に大物バンドが出るってわけでもない。歴史もたったの十年だ。だがな――」

編集長の黒々とした瞳が、きらりとまたたいたような気がした。

「あそこのマスターが目をつけたバンドの多くが、のちに大成しているんだよ」

思わず、ごくりと唾を飲んだ。この業界にいるとそういう、確かな耳を持った人の噂《うわさ》がちらほら聞こえてくる。

「さっそく、今夜にでも行ってみます」

「ひとくせあるマスターだが、俺の名前を出せば邪険にはされねえよ。何せ、あのライブハウスを立ち上げたころからの付き合いだからな。ま、しっかり頼むわ、新連載」

チンゲン菜じゃねえぞ、という大久保の言葉を無視して、わたしは自分のデスクに戻る。椅子に腰かけ、胸に手を当てた。

――連載。わたしが。あの、ロック・クエスチョン本誌で。

風邪《かぜ》を引いたときに熱が上がるみたいにして、じわじわ興奮が込み上げる。聞かされた瞬間に顔をのぞかせた弱気は、早くも雲散霧消してしまっていた。

2

苗字《みょうじ》のせいで嫌な目に遭ってきた、と思う。

物心ついたころから、音楽が好きだった。聴くのはもちろん、ピアノを習いに音楽教室にかよっていたこともある。だけど、音楽仲間のあいだでわたしの苗字は、いつも冗談のように扱われた。

何しろ《音が無い》と書いて音無である。音楽が好きだと話すと、決まって「その名前で？」という反応が返ってくるのだ。あまりにも繰り返されるので、苗字は関係ないと律義に言い返すのもバカらしくなり、しまいには「ヤマナシ県にだって山はある！」と応じるのがお決まりになってしまった。ちなみに下の名前は多摩子《たまこ》という。こちらはちょいと古風だが、わりと気に入っている。

名は体を表す、のことわざを裏切って、わたしは音楽を愛し続けた。中でもロックに傾倒し、大学では軽音楽サークルに所属、ボーカル及びベーシストとして精力的にバンド活動をおこなった。カラオケで働いて得たバイト代の大半は、機材とCDやデジタルの音源に消えた。アーティストとして華やかな人生を歩むことを心のどこかで期待しつつも、それが無理でも何らかの形で音楽に携わる仕事をしたいと考え、やがて音楽雑誌の編集者を目指すようになった。

似たようなことを考える音楽好きの就活生は多く、また音楽雑誌の採用は枠が少ないこともあって、倍率はいつも数千倍に上った。そうなると人間、いくら自分に自信があって、またその目的のために努力を積んできたとしても、ほかの数千人を蹴落として自分が一等賞に輝けるとは信じられないものである。エントリーした時点ではわたしも、宝くじを買うくらいの淡い期待しか持てなかった。

それがなぜ、気がつけばわたしが正社員として採用されることになったのか。ただ、努力が実ったという見方もできるし、ひたすら運がよかったとも言えるだろう。

数千人が数十人にまで絞られた最終面接の場で、わたしの次の言葉が面接官たちにウケたことは確かだ。

「水が無い人は水を求めます。家が無い人は、もちろん家を欲しがるでしょう。そしてわたしには音が無い。音楽を渇望する気持ちだけは、誰にも負けません！」

そんな単純なことでもなかろうが、もしあれが決め手となって、わたしの採用が決まったのだとしたら——嫌な目にばかり遭わされてきた自分の苗字を、わたしは生まれて初めて、愛してあげてもいいかもしれないと思っている。

3

レジェンドは、下北沢の南の外れにあるということだった。

下北沢といえば、インディーズバンドの聖地というイメージがある。地方の大学にかよい、地方でバンド活動をしていた人間からすると、《シモキタ》という響きだけでわくわくしてしまう。あのバンドもこのバンドもシモキタから羽ばたいていった、といった噂を聞くにつけ、どうしてわたしは都内の大学に進まなかったのだろうと悔いたことは一度や二度ではない。

新連載を言い渡された日、わたしはＲＱ編集部のある渋谷《しぶや》から京王井《けいおうい》の頭《かしら》線の電車に乗って下北沢を目指した。

下北沢駅は下北沢エリアの中心部にあり、京王井の頭線と小田急《おだきゅう》線が乗り入れている。駅の所在地は東京都世田谷《せたがや》区北沢《きたざわ》。《下北沢》はこの一帯を指すが、地名としては存在しない。もっとも、明治時代まではここに下北沢村があったそうで、現在の呼称はそのころの名残《なごり》だ。以上、初めて下北沢を訪れる前に、わたしが仕入れてきた知識。

下北沢駅周辺はもう何年にもわたって再開発が進んでいるそうで、わたしの同僚は「行くたびに景色が変わっている」と話していた。かつての玄関口だった南口がなくなったことを惜しむ人は多いらしいが、上京したばかりのわたしにその気持ちはわからない。

さて、駅を出て少し進むと、〈下北沢南口商店街〉と記されたゲートが見えてくる。ここがいわゆるメインストリートだ。南口の名前はまだ、こんなところに残されている。

わたしはゲートをくぐって南を目指す。七月の平日、まだ空はわずかに明るさをとどめているものの、時計を見ればすっかり夜という時間帯だ。さして広くない道幅のわりに人通りは多く、特に若者の姿が目立つ。女子高生、大学生、あるいは素性が知れないけどとにかく若い人たちに、二十二歳の自分はどのように見えているのか。仲間だろうか、それとも社会人のお姉さんになってしまうのか。

道の両脇にはゲームセンターや古着屋や飲食店、さらに枝分かれした路地の先にもお店がひしめき合い、にぎやかだ。よく見れば、ところどころに劇場やライブハウスもあって、ここは蹴飛ばさずに歩くのが困難なくらいそこら中に夢が転がっている街なのだな、とあらためて思い知る。夢を叶《かな》えたというほどではないけれど、それに準ずる程度には誇らしい職に就いた自分を思い、ちょっとだけ息が苦しくなる感じがした。

商店街を五百メートルほど南下し、代沢《だいざわ》三差路で茶沢《ちゃざわ》通りと合流する。三軒茶屋《さんげんぢゃや》と下北沢を結ぶことから名がついたその通りを、もう少し進んだところにそれはあった。

これといって特徴のない雑居ビルである。入り口に近づいてみると、乗り込んだら閉じ込められるんじゃないかと不安になるくらい古ぼけたエレベーターが見える。その脇に、黒地に白のチョークで文字が記された立て看板が出ていた。

……最初にその名前を聞いたときにも、ちょっぴり思ったことだけど。

シンプルに《伝説》《レジェンド》って名前のライブハウス、何だかとっても、ダサくないかしら。

いやいや。わたしは頭を振って考え直した。われらが編集長、大久保祥一が太鼓判を捺《お》すマスターがいるのだ。ダサいなんてこと、あるわけがない。だいいち、名は体を表さないことは、誰よりもわたしがよく知っている。たとえライブハウスの名前がダサくても、その名づけ親までダサいと決めつけてはいけない。

できれば開演前にあいさつだけでも済ませておきたかったけど、会社でのデスクワークが長引いて間に合わなかった。エレベーターで三階まで上がると、目の前に防音用の金属のドアが立ちはだかる。L字型のノブに力をこめて、ドアを押した。開いた隙間から、轟音《ごうおん》が飛び出してきた。体の芯にしびれを感じながら、急いで中に入ってドアを閉める。

入ってすぐの位置にカウンターがあり、その奥に明るい髪の色をした女性スタッフが立っていた。ここでチケットを渡すようだ。わたしは三千五百円を払って、チケットとドリンク交換用のコインを入手する。

どうして多くのライブハウスが、チケット代とは別にワンドリンク分の料金を支払わせるこの仕組みを採用しているのか、はっきりとは知らない。ただ以前、飲食店として届け出をしているから客に飲食物を提供しなければならないのだ、という話を聞いたことがある。

今日はライブハウス主催のブッキングライブで、複数の出演者が三、四十分ずつステージに立つ形だ。スタッフの女性に目当てのバンドを訊《たず》ねられたわたしは、特にない、と正直に答え、奥へと進んだ。

薄暗いフロアに充満するスモークが、変色するライトに照らされて浮かび上がる。ステージでバンドは汗を流し、観客は壁に寄りかかるなどしながらそれを見つめている。特定の周波数を切り取られた音源では決して味わうことのできない音圧が、わたしの体を、心を奥底から揺さぶる。混沌《こんとん》と、興奮と、情熱と、絶叫。

わたしの愛したライブハウスという空間が、そこには広がっていた。


ライブは午後九時半に終演となった。

わたしが演奏を聴けたのは、全部で四組だった。はっきり言って退屈なバンドもあれば、それなりに楽しめるバンドもあった――連載初回で取り上げてみようか、と思えるバンドにも出会えた。

片づけと撤収が進むライブハウスで、わたしはマスターとおぼしき男性に声をかけた。彼はほかのスタッフに仕事を任せ、ドリンクを販売するカウンターの奥で暇そうにタバコを吸っていた。

「すみません、わたしロック・クエスチョンの編集者をやっております、音無と申します……」

差し出した名刺を受け取って目を細め、男性は吐く煙とともに言った。

「新人か。何の用だ」

低い声はややしわがれていて、聞く者に威圧感を与える。

歳《とし》は四十代前半くらいか。ところどころ灰色の混じる髪をソバージュにして、あごひげを生やしたさまは一昔前のロックスターといった風情だ。オーバーサイズのよれたシャツはみすぼらしく、やさぐれているとか、退廃的《たいはいてき》といった表現がよく似合う。

内心ビビりながらもわたしは、「邪険にはされねえ」という編集長の言葉を信じ、マスターと向き合った。

「このたびブレイク前のインディーズバンドを発掘するコラムの連載を任されまして、編集長の大久保の紹介で本日、こちらのレジェンドさんにお邪魔しました。大久保はあなたの、優れたミュージシャンを聴き分ける耳をいたく絶賛しておりまして、いいバンドを探したければレジェンドへ行け、と……」

「くそ、祥ちゃんめ。また面倒なことを押しつけやがったな」

吐き捨てるような言い方も気になったが、

——祥ちゃん？

こちらの想像する以上に、大久保とこのマスターは昵懇《じっこん》なようである。

「とにかく、今夜はもう帰ってくれ。俺はクタクタなんだ。話なら、また今度聞く」

量の多い髪の毛をぐしゃぐしゃとかき乱しながら、マスターは取りつく島もない。これを邪険と言わずして何と言おうか。

クタクタと言うわりに、彼は働く気配をまったく示さない。ほかのスタッフがあくせく動いていても素知らぬふりである。本当に、このライブハウスから人気バンドをいくつも輩出したのだろうか。マスターのやる気のなさを見るにつけ、にわかには信じがたい話だ。

「お疲れのところ失礼しました。今後ともよろしくお願いします。ええと……」

名前を呼ぼうとして、まだ聞かされていないことに気づいた。わたしが言葉に詰まったわけを察してか、マスターは手元にあった紙に、ボールペンで何かを書いてわたしに寄越した。ご丁寧に、ふりがなまで振ってある。

〈五味淵龍仁《ごみぶちりゅうじん》〉

「五味淵さん。ありがとうございました」

わたしはその名前を頭に叩き込み、レジェンドを辞した。下北沢を離れる前に、派手な装いのスープカレーの名店に寄り、空《す》いたお腹《なか》を満たすことを忘れなかった。

4

一週間後の夜。わたしは再び、下北沢にやってきた。

駅を出て南口商店街のゲートをくぐらず、左手の道を進む。かわいらしい外観のパティスリーに入り、二階のテーブル席に座った。

迷いに迷ってフルーツタルトを選んだ。約束の時間が来る前に食べてしまって、証拠を隠滅しなければならない。今日はこれから、新連載に向けた取材の初陣なのである。

このお店を指定したのはわたしだ。せっかく下北沢に行くのだからと、人気のスイーツを食べられるお店にした。世の同年代の女性の多くがそうであるように、それなりにスイーツ好きなわたしだが、もちろん取材中にがっつくわけにはいかない。それで、席を押さえるという名目のもと、取材開始時刻より四十分早く着き、ケーキを注文したというわけだ。

フルーツタルトはさっぱりしていて美味だった。食べ終わって店員に皿を下げてもらい、取材対象に関する情報を再確認していたところで、四人の若者が階段を上ってくるのが見えた。

椅子から立ち上がり、軽く頭を下げる。

「本日はお時間をいただきありがとうございます。よろしくお願いします」

先頭に立った男の子が、頬を紅潮させて言った。

「取材なんて受けるの、初めてです。ありがとうございます」

今日の取材のためにメールでやりとりをしていた、彼が小暮宗貴《こぐれむねたか》だ。澄んだ声とすっきりとした顔立ちからは好青年然とした雰囲気が立ち昇っている。彼がわたしの正面に座り、ほかの三人のメンバーもそれぞれ椅子に座った。

先週のレジェンドのライブで、わたしがひときわ光るものを感じたのが、この『驟雨《しゅうう》』というバンドだった。アップテンポでダンサブルな曲がもてはやされる近年の流行に背を向けるかのように、スローテンポで轟音をかき鳴らし、荒々しくエモーショナルなサウンドを響かせる彼らにわたしは魅了された。聴いた瞬間に好きになるキャッチーな音楽ではないけれど、心地《ここち》よくトリップさせてくれる中毒性がある。

ライブの日に声をかけそびれてしまったわたしは、すぐさま驟雨の情報を集め、彼らのSNSのアカウントを突き止めてコンタクトを取った。彼らは取材に快く応じてくれ、ライブを観《み》たのと同じ下北沢で会う運びとなった。

驟雨は今年の二月に、自主制作のアルバムを一枚リリースしている。わたしはネットショップを通じて購入し、聴き込んでから今日の取材に臨んだ。

インタビューに先立ち、メンバー全員に名刺を渡す。ギターボーカルの小暮はそれを一瞥《いちべつ》し、にやりと笑った。

「ご連絡いただいたときにも思ったんですけど、音楽雑誌の編集者さんなのに、《音無》って苗字なんですね」

それを言うのはきみで百万人めだ！　わたしは愛想よくヤマナシ県にも山は云々《うんぬん》

と応じたのち、本題に入った。

「このバンド、驟雨が結成されたのはいつですか」

ボイスレコーダーをテーブルの上に置く。小暮が歯切れよく答えた。

「一年前です。僕ら全員、大学の同じ軽音サークルなんです」

事前に仕入れた情報どおり、四人は現役大学生とのことだ。軽音サークルの空気感ならわたしも知っている。

「曲は全部、小暮さんが作っているんですよね」

「そうです。僕、昔からシューゲイザーが大好きで。マイブラみたいな音楽をやれたらいいなと思って、メンバーを集めました」

「シューゲイザーかあ。その若さで、渋いところを突きますね」

シューゲイザーとは、九〇年代初頭にイギリスでムーブメントとなったロックのジャンルである。ノイジーなギターと甘いメロディ、ささやくようなボーカルといった特徴を備えており、《靴を見つめる人》という名前の由来は、複雑なギターのサウンドを作るためにギタリストが足元の機材ばかり見ていたからとも、ボーカルが足元に貼った歌詞カードを見ながら歌っていたからとも言われている。

そんなシューゲイザーを代表するバンドが、『マイ・ブラッディ・ヴァレンタイン』、略称マイブラだ。一九九一年に発表したアルバム『ラヴレス』はシューゲイザーの金字塔とされ、後続のバンドに多大な影響を与えた。その後は長らく活動休止状態となっていたが、近年になって活動を本格的に再開し、大いに話題となっていたはずだ。

「高校生のときにたまたまマイブラを聴いて、衝撃を受けて……それ以降、ひとり黙々とデモ音源を作り続けてきたんです。現在でも僕が作ったデモをまずはメンバーにそのまま演奏してもらって、そこから微修正を重ね、ブラッシュアップしていくという手法を取っています」

「なるほど。ほかのメンバーも、シューゲイザーが好きなの？」

「ベースの吉原芽以《よしはらめい》は、僕が教える前からマイブラを聴いてました」

わたしの隣に座っている、ショートカットの女の子がうなずく。

「ドラムの秋本《あきもと》アリサはシューゲイザーを知らなかったけど、サークル内で屈指の実力だったから」

「この前のライブでも、パワフルかつテクニカルな演奏を見せていたね。あれだけうまいと、サークルでは引っ張りだこでしょう」

「ええ、まあ。驟雨が本格的に始動してからは、極力ほかのバンドへの参加を減らしてるんですけど」

小暮の隣の女の子が、ハスキーな声で言う。金髪で、耳たぶにぶら下がるリングのピアスがパンキッシュだ。

「それと、ギターの岸田鐘《きしだあつむ》。こいつは、金持ちなんですよね」

小暮の紹介が意表を衝《つ》いていたので、わたしは首をかしげた。「金持ち?」

「ライブを聴いてもらったらわかると思うんですけど、うちのバンドで目指す音を出そうとしたら、ギタリストはたくさんの機材が必要になるんですよ」

シューゲイザーの先達《せんだつ》らがそうだったように、驟雨のギターのサウンドもきわめて複雑だったことを憶《おぼ》えている。あの音をライブで出すには、機材は不可欠だろう。

「その点、オレは実家が裕福だから、機材にはいくらでも金をかけられるんで。ほかの貧乏学生とは違って、このバンドのギタリストにうってつけだったというわけっす」

岸田が小暮のあとを引き取った。外国人みたいに長いまつ毛と厚い唇が印象的な男の子だ。身長はほかの女性メンバーと変わらないくらい低い。

「うらやましいよな、岸田は。僕なんかいつもカツカツだよ」

「宗貴、この前も預金残高マイナスになってたもんね」

「おい、言うなって、それを」

小暮と秋本の掛け合いに、吉原と岸田が笑う。メンバー仲はよさそうだ。

「バンドとしての、今後の目標を聞かせてくれる?」

この質問に、小暮は居住まいを正した。

「実はこの前、メジャーレーベルの人から声をかけられて」

おっと、それは聞き捨てならない情報だ。

「といっても、まずは育成契約を結ぶかどうか、という段階です。いますぐデビューさせてくれるとか、そういう話ではないみたいで」

「そうだったのね。いまのうちに取材しておいてよかった」

言葉には出さないが、安心した。ちなみに育成契約というのは、レーベルがバンドメンバーに活動の援助金を出すなどしてバンドを育て、売り物になったらデビューさせるというものだ。契約したからといってデビューできるとは限らない点で、無名のインディーズバンドの発掘という今回の連載の趣旨には反しないだろう。

「オレたち再来週、またレジェンドでライブするんすけど、そのライブをレーベルの人が見に来て、そこで契約に進むかどうか審査されるんすよ。ま、一種のオーディションっすね」

岸田が得意げに語り、わたしに向かって身を乗り出した。

「よかったら、音無さんも来てくださいよ。オレら、絶対受かってみせますから」

自信家だな、と思う。その生意気さも、まだ学生と思えば好ましい。

「ありがとう。仕事の都合がつけば、行きますね」

わたしは微笑《ほほえ》んだ。社交辞令ではなく本心だった。

驟雨への取材は一時間ほどで終了した。半ページのコラムをじゅうぶん埋められるだけの話が聞けたことに、わたしはひとまずほっとしたのだった。

5

執筆した原稿は無事に入稿された。編集長の感想は「ま、初めてならこんなもんだろ。たこ焼きだな」というものだった。それはこんなもんじゃなくて粉もんです、とわたしはツッコまなかった。

むろん、仕事は連載ばかりではない。そのほかの細々した雑事に追われるうち、気づけば驟雨のオーディションライブの日を迎えていた。当日は首尾よく仕事が片づいて、わたしはライブへ行けることになった。

夕刻、下北沢に着いたら雨が降っていた。季節柄、これは通り雨だろう。バンド名に照らせば縁起がいい。早足で南口商店街を抜けるころには、背中にじんわり汗をかいていた。

今宵のライブはスリーマンで、トリの驟雨は一時間を超えるロングセットの予定だった。入り口でチケット代を払い、「驟雨を見に来ました」と告げる。これでチケットノルマの軽減やチャージバックに貢献できるだろう。貧乏学生たる小暮にも、ちょっとは感謝してもらえるかもしれない。

開演前のフロアで突っ立っていると、驟雨のメンバーがわたしに気づいてあいさつに来てくれた。小暮、吉原、それに秋本。岸田の姿はない。

「音無さん、本当に来てくれたんですね。ありがとうございます」

「どういたしまして。岸田くんは？」

「すみません、来いって言ったんですけどね。あいつ、ライブのときはいつも、ほかのバンドを見ないでずっと控え室にいるんですよ」

「へえ。高価な機材が心配だから？」

「いえ。ああ見えて、肝が小さいんです」

わたしは苦笑した。確かに、そうは見えなかった。

「がんばってね。楽しみにしてる」

ぺこりと頭を下げてから、驟雨のメンバーはわたしのもとを去った。

ライブが始まってからは、演奏を聴くのに集中することにした。二組めのバンドの出番が終わったとき、わたしはフロアを見回した。すぐに、いかにも業界人風の垢抜《あかぬ》けたなりをした中年男性が目に留まった。ほかの客は若い人ばかりだったから、彼がレーベルの人間と見て間違いないだろう。なぜか、わたしまで緊張してきた。

ステージ上では、驟雨のメンバーが転換をおこなっている。十五分ほどのあいだに、前の出演バンドは機材の片づけを、次のバンドはセッティングを済ませなくてはならない。何かと慌ただしく、機材トラブルなども起きやすい場面だ。

異変は、ステージの上手《かみて》で起こった。

岸田が首をかしげつつ、何度もギターの弦を弾いてはアンプを触ったり、ギターと機材をつなぐシールドケーブルをいじったりしている。だが、アンプからギターの音が聞こえることはなかった。

足元にずらりと並んだ機材をひとつひとつ取り外しながら、岸田は音が鳴らない原因を調べていく。長い時間をかけてようやく特定に至ったようで、彼は心配そうに見守るバンドメンバーに告げた。

「デジタルディレイの電源が入らない。故障だ」

天を仰ぎたい気分だった。機材トラブルだ。残念だけど、ままあることなのだ。本番に限って突然、楽器の音が鳴らなくなるというのは。

「どうしよう、小暮」

うろたえる岸田に、小暮は言う。

「中、確かめなくていいのか」

「確かめたところで、どうせ直せやしないよ」

「じゃあ、ディレイ抜きでやるしかないだろう。これ以上、お客さんを待たせるわけにはいかない」

すでに、転換に入って三十分が経過していた。

「だけど、ディレイ抜きじゃうちのサウンドは……」

「そんなこと言ってる場合じゃない。仕方ないさ」

結局、岸田は不承不承、機材をひとつ外して、ほかのメンバーとともにステージの袖にいったんはけた。それから数分で入場のＳＥが鳴り、驟雨のメンバーはあらためてステージに上がって演奏を始めた。

結果から言うと、ライブは目を覆いたくなるくらいひどい出来だった。わけても岸田の演奏は散々だった。突然の機材トラブルに動揺したのか、それとも機材抜きだと元々その程度の実力だったのかはわからない。

わたしはショックを受けていた。前回のライブで見た輝きは、幻だったのだろうか。ふと見ると、レーベルの男性もただただ残念そうに、首を左右に振っていた。

終演後、わたしはステージのすぐそばにある控え室へ赴いた。天井の配管がむき出しの小ぢんまりとした部屋に、各バンドの機材や荷物がところせましと置かれている。壁の一面には全身鏡があり、そのまわりにはライブやＣＤの告知用のポスター、バックステージパスのステッカーなどがベタベタ貼られていた。

驟雨は控え室の隅に固まって立ち尽くしていた。いちように肩を落とし、ほとんど葬式のようなムードが漂っている。

「お疲れさま。大変だったね」

「せっかく来てもらったのに、すみません」

吉原が謝る。ほかのメンバーに比べるとまだ、平常心を保っているように見えた。

「何があったの？」

「壊されてたんすよ。オレのデジタルディレイが」

岸田は投げやりに言い放ち、手に持っていたコンパクトエフェクターをわたしに渡した。

エフェクターとは、ギターやベースとアンプをつなぐ回路に挿入することで、音色を変える機材のことである。ディストーションのように音を歪《ひず》ませる歪み系、コーラスのように音を揺らすモジュレーション系、ディレイのように響きを再現して音に広がりを持たせる空間系などの種類がある。

コンパクトエフェクターというのは、エフェクターの中でも小型のものを指す。サイズはメーカーなどによってまちまちだが、手のひらに載る程度と言えば大きく外れはしないだろう。演奏中に足で踏んで電源を入れられるよう、スイッチが上面についていて、多くは電源アダプターをつなぐか9ボルト電池によって動くが、近年では充電池が内蔵されているものもある。

ディレイは楽器の音を遅れて再現するエフェクターだ。一本のギターで何重にも音が鳴らせるので、音に厚みを出すなどさまざまな演出に用いられる。仕組みによってアナログディレイとデジタルディレイとがあり、岸田が渡してくれたものは大手メーカーのデジタルディレイだった。

「壊されてたって、どういうこと？」

わたしはエフェクターをためつすがめつしてみる。右の側面には、盗難防止のためか黒のマジックで〈A.Kishida〉と記されていた。裏返すと、底にエフェクターボード——各種エフェクターを並べて設置するためのボードで、カバーを閉めるとジュラルミンケースのような状態で持ち運ぶことができる——に固定するためのマジックテープが貼られている。

この裏面が、電池を入れるときなどに外す蓋になっていることをわたしは知っていた。普通はネジで留められているはずだが、いまネジ穴は空っぽだ。わたしは蓋を開けて中をのぞき込み、絶句した。

「これって——」

配線が、ぷっつり切れていた。自然にそうなったような感じではない。接触部分ではなく線の途中で切れており、しかも切断面は平らで、刃物で切られたことは明らかだった。

「リハのときは、問題なく動いたんすよ」

岸田がぼそっと言う。気の毒なほど意気消沈している。足元には、彼のエフェクターボードが置かれていた。十個近いエフェクターがぎっしり並んだ中で、デジタルディレイがあったのだろう左端のスペースだけが空いている。

「リハーサルは、どういう順番だったの」

「逆リハでした。オレらは最初にリハをやったってことっす」

逆リハとは、本番の出演順とは逆の順番でリハーサルをおこなうことである。リハの最後と本番の最初が同じ出演者になるため、機材の転換が一回減るという利点がある。

「つまり、驟雨のリハーサルが終わってから本番が始まるまでには、かなり長い時間が空いたってことだよね」

「そうです。その間、機材はここ、全バンド共通の控え室に置きっぱなしでした。エフェクターの線を切る機会なら、誰にでもあったはずです」

小暮が冷静に分析するも、岸田は反論した。

「だけどオレ、リハが終わってからはずっと控え室にいたんだぜ」

「さっき、ほかのメンバーからもその話を聞いたけど……岸田くんはいつも、ほかのバンドの演奏を見ないそうだね」

　すると岸田は、ちょっぴりばつが悪そうになった。

「出番前にほかのバンドの演奏を見てると、なぜか緊張してしまうんすよ。今日はオーディションを兼ねてることもあって特に緊張してたから、ほかのバンドのリハすら見なかったっす」

「いつもはリハーサルくらいは見るってこと？」

「そうっすね。でも今日だけは、そんな気にもなれなくて」

「残りのメンバーはリハ後、フロアに出てほかのバンドのリハを見てたんですよ。だけど、岸田くんは一度も控え室から出てきませんでした」

　吉原が岸田の証言を裏づける。

「鍾、エフェクターボードから目を離していた時間はなかったの」

　この秋本の問いは、岸田には責められているように聞こえたらしい。彼は唇をとがらせて、

「本番前、正確には転換の直前にトイレに行ったときだけだよ。トイレくらい行くだろうが」

「鍾が本番前にトイレに行くのは毎度のことじゃん。そのタイミングを狙われたん

じゃないの」

「アリサだって知ってるだろ、レジェンドのトイレは控え室の隣だ。先客もいなかったから、ションベンして戻ってくるのに二分もかかってねえよ。そのときエフェクターボードは、まだカバーを閉めた状態だった」

二分でエフェクターボードのカバーを開け、マジックテープで固定されたエフェクターを引きはがし、ネジを外して蓋を開け、配線を切ったあとで元どおりにしておけるか。頭の中でシミュレートしただけで、わたしは不可能という結論を下した。どう考えても間に合わないし、まして周囲にはほかの人もいるのだ。エフェクターボードをちょっといじるくらいならともかく、これらの作業を二分で済まそうとすれば、確実に誰かしらの目には不審に映るだろう。

しかし――それなら犯人は、いったいどうやって岸田のデジタルディレイを壊したのだ？

「もう一度、よく思い出してみてよ。本当に目を離さなかったのね」

なおも秋本は、岸田の行動に隙を見出《みいだ》そうと詰め寄る。だが、岸田も自身の非を頑として認めなかった。

「だから、さっきからそう言ってるじゃんか。リハが終わってからは絶対に、エフェクターボードのそばを離れちゃいない」

「あんた、やけに『リハが終わってからは』って繰り返すね。もしかして、リハの前は離れたってことなんじゃないの」

「おまえ、バカか。そりゃリハの前にはそういう時間もあったよ。だけどな、リハのときにはディレイは問題なく動いたんだ。それはアリサも知ってんだろうが」

「おい二人とも、いい加減にしろよ。だいいち、岸田がいくら目を離してないと言い張ったって、エフェクターが壊されていた事実は変わらないだろう。なら、やっぱりどこかのタイミングで目を離したんだよ」

小暮が険悪になりかけた秋本と岸田をなだめる。岸田は聞こえよがしに舌打ちをし、秋本に背を向けた。

「だけど、誰が何の目的で、岸田くんのエフェクターを壊したのかな」

わたしの言葉に、小暮は《決まってるじゃないか》という顔をした。

「ほかのバンドのメンバーが、僕らに嫉妬したんですよ。今日、レーベルの人が僕らを審査しに来ることは、共演者にも伝えてありましたから」

「つまり、驟雨がメジャーレーベルと契約するのが気に食わないから、ライブを台なしにした、と」

「ディレイは驟雨のサウンドの肝っすからね。オレのギターからそれを取り上げることは、バンドの息の根を止めることに等しかったんす」

岸田がぼやく。もっとも自身の存在を高く評価するこの意見に、ほかのメンバーは必ずしも賛同していないようだったが。

「いまさらこんなことを言っても詮ないけど……ほかの誰かからディレイのエフェクターを借りるとか、近くの楽器店で調達してくるというわけにはいかなかったの」

「だめっすよ。ディレイは細かい設定が大変で、時間かかるっすから」

「だから、ディレイがなくてもいいギターが弾けるよう、練習を積んでおけと言ったんだ」

いきなり小暮に絡まれ、岸田は小暮をキッとにらむ。

「おまえが指示したから、そのとおりにディレイをかけてたんだろうが」

「僕の考えたギターのアレンジは、ディレイをかけなくてもじゅうぶんさまになるよう計算されていた。それを、うまく弾けないからといってディレイでごまかしつつ、簡単なフレーズに変えていたのは岸田だろ。勝手なことをしてきたツケが回ったんだよ」

「何だと――」

「ちょっとちょっと、みんな落ち着いて」

わたしは二人のあいだに割って入った。

「メンバーどうしでいがみ合うのはおかしいでしょう、岸田くんもほかのみんなも被害者なんだから。今回のことは残念だったし、わたしもこんな真似《まね》をした人には腹が立つけど、とりあえず今夜は頭を冷やして、また前向きにがんばっていこうよ」

部外者なのに出しゃばったわたしのことを、驟雨のメンバーが快く思っていないことは明らかだった。それでも彼らが言い返してこないのは、わたしが学生の彼らから見れば大人であり、ＲＱの編集者だからだろう。

「……松浦《まつうら》さん、まだ残ってくれてるみたいだった。いまから行って、もう一度チャンスをもらえないか訊《き》いてみる」

そう言い残し、小暮は控え室を出ていった。松浦というのがあの、レーベルの男性の名前なのだろう。残りのメンバーは動き出す素振りを見せない。

ロックが好きになってから、いいバンドが、才能あるバンドが終わっていくさまを、わたしはいくつも見てきた。いつだって、それはとても悲しいことだった。特にメンバー仲のよかったバンドが、やがてケンカ別れしていくのを見たときは耐えがたいものがあった。

驟雨だって、前回のライブでは間違いなくいいバンドだった。そう信じられたから、わたしは取材を申し込んだのだ。そんなバンドがいま、何者かの悪意によって窮地に立たされている。

このままでは、驟雨のメンバーがかわいそう。何とかしてあげたい——わたしは、もう少し探ってみることにした。

6

「——アンタ、本気で言ってんの？　それならキレるけど」

十分後、わたしは筋肉質の青年にすごまれ、青ざめていた。

驟雨を除く二組のバンドのメンバーは全員、まだレジェンドのフロアにたむろしていた。わたしは彼らに近づいて、先ほど驟雨のメンバーと話して得た情報を伝えた。すると、その中のひとりが怒り出したのだ。

「おれらが驟雨のメンバーに嫌がらせしたって疑ってるんでしょ。冗談じゃすまないよ」

「いや、そう決めつけているわけじゃ……」

わたしは周囲に目を泳がせる。青年が大声を出したことで、同じフロアの隅で話していた小暮と松浦、それに五味淵がこちらを見ていた。松浦は小暮が来るまで五味淵と話していたようだから、二人はかねて面識があったのかもしれない。

「わたしはただ、控え室で不審な行動を取っている人を見かけなかったか、と訊いただけで」

「同じことでしょ。控え室に入るのは、出演者くらいしかいないんだから。あんたのやってることは結局、おれらの中に犯人がいると考えて、それをあぶり出そうとしてるだけだよ」

「そうじゃなくて、何でもいいから情報が――」

「おい。何の騒ぎだ」

見るに見かねたのか、五味淵がこちらへやってきた。

「五味淵さん。この女が、岸田さんのエフェクターを壊したやつがおれらの中にいるって言ってくるんすよ」

青年がわたしを指差すと、五味淵は不快感をあらわにした。

「ひっかき回すような真似はよせ。こいつらがうちのライブに出てくれなくなったら、どうしてくれるんだ」

「……すみませんでした」

そうするしかなく、わたしは深々と頭を下げた。

鼻白《はなじろ》んだように、青年は去っていった。わたしの謝罪を受け入れたわけではなく、単に五味淵の顔を立てたのだろう。

丸く収まってほっとした気持ちより、落ち込みのほうが大きかった。仕事でも何でもなく、驟雨のためを思っての行動だったのに、手がかりをつかむどころか無駄にことを荒立てただけだ。

よほど、しょんぼりとして見えたのだろう。五味淵が、さっきよりはだいぶ和らげた声をかけてきた。

「エフェクター、ただの断線じゃなかったのか」

「あ……そうなんです。何者かに、刃物で切られたようでした」

「で、どうしておたくが犯人捜しなんかしている」

「驟雨のメンバーが気の毒で……それに、わたしはもうすぐ発売になるRQ誌のコラムで、すでに驟雨を取り上げたんです。あのコラムが世に出たら、嫌がらせが過熱してしまわないか心配で」

五味淵は髪の毛をぐしゃぐしゃとやって、ため息をついた。

「うちのライブハウスで起きたトラブルだ。建前上、機材の盗難や破損には関知しないことになってはいるが、見て見ぬふりというわけにもいかないな」

そして、鳶色《とびいろ》の瞳をわたしに向けた。

「話してくれ。現時点でわかっていることを」

話せばどうにかなるというものではないだろう、とも思う。が、わたしは藁《わら》にもすがる心境で、知っていることを全部、話した。中でも、岸田がリハ後はずっと控え室にいて、トイレに行った二分間を除けばエフェクターボードのそばを離れなかったことは強調した。

「つまり岸田くんの証言が正しいのなら、ディレイのエフェクターを壊すのは、何《なん》人《ぴと》たりとも不可能だったことになってしまうんです」

五味淵はふむとうなずいて、こんな質問をしてきた。

「岸田のディレイは、エフェクターボードの左端に配置してあったんじゃないか」

意図が読めず、わたしはとまどう。

「えっと……彼のエフェクターボードは左端が空いてましたから、そのとおりだと思います。でも、どうしてわかったんです？」

「多くのエフェクターは右側にインプットの端子が、左側にアウトプットの端子がある。そして空間系のエフェクターは、歪み系などほかのエフェクターによって作られた音全体に効果を与えるため、ギターからはもっとも遠く、アンプの手前に配置するのがセオリーだ。だから左端か、そうでなくても左寄りになるだろうと踏んだ」

「なるほど……で、それと今回の事件と何か関係が？」

「大ありだ。――わかったぞ、犯人がどうやって岸田のデジタルディレイを壊したのか」

「えっ」

驚くわたしに向かって、五味淵は右手の人差し指で、自分の右耳をトントンと叩いた。

「いいか。どんなに小さな音にも、しっかり耳を傾けるんだよ」

7

レジェンドのフロアに驟雨のメンバー四人を集め、わたしは宣言した。

「いまから、犯人が岸田くんのエフェクターを壊した方法を話します」

「ま、マジすか！　いったい誰がやったんすか」

勢い込む岸田とは対照的に、ほかのメンバーは不安そうな表情だ。

「まず、事実をおさらいするね。今日のライブは逆リハで、驟雨のリハは一番めだった。その時点でディレイが問題なく作動したことは、ここにいた全員が知っている。リハが終わり、機材を控え室に運んで以降、岸田くんはずっと控え室にいてエフェクターボードのそばを離れなかった。唯一離れたのは本番前、転換の直前にトイレに行ったときのみ。本人によれば、二分もかからずに戻ってきた」

　岸田は首を縦に振る。

「控え室にあったエフェクターボードのカバーを開け、ネジで留められたディレイの蓋を外し、配線を切断したのちにまた戻しておくのは、二分間では絶対に不可能。にもかかわらず、転換のためステージに上がったときには、ディレイの配線は切られていた。ここまでは、間違いないよね」

　ほかのメンバーからも異論は出ない。わたしは咳払いをして、続けた。

「なら、導き出される結論はひとつ。──岸田くんのデジタルディレイは、リハが、始まる前にすり替えられていたんだよ。まったく同じ機種の別物と」

　岸田の口が、あんぐりと開いた。

「リハの前には、岸田くんがエフェクターボードから目を離した時間があったのよね。そのときにディレイは犯人によって、正常に動作する別物とすり替えられた。その後、犯人はトイレなど人目につかない場所にディレイを持っていき、中の配線を切った。あとは転換の直前、岸田くんがトイレに行った隙を見計らって、再度ディレイを交換したってわけ。それだけなら、二分もかからない」

　岸田はディレイの右の側面に自筆で名前を書いていたので、そこを見ればリハの時点ですり替えられていることに気づいたはずだった。ところが、ディレイはエフェクターボードの左端に配置されており、当然ながら右隣にはほかのエフェクターが並んでいたため、ディレイの右の側面は見えなかった。五味淵の質問は、この事実を確かめるためのものだったのだ。

秋本によれば、岸田が本番前にトイレに行くのは毎度のことだという。ディレイを元どおりに交換しておく機会があることも、犯人にとっては織り込み済みだった。

「ちょ、ちょっと待った。リハの前にすり替えられてたってのは、やっぱりありえないっすよ」

と、ここで岸田から反論が上がった。

「さっきも説明したように、ディレイは細かい設定が大変なんす。見ただけではすり替えられていることに気づかなかったとしても、リハで演奏に使えば一発でわかるっすよ」

「そうかな。岸田くんのディレイと同じ設定になっていれば、よほどのことがない限り気づかないと思うけど」

「オレのディレイの設定を完璧に把握してるやつなんているわけが——」

「そんなことないでしょう。岸田くん、自分で言ってたじゃない。ある人の指示どおりにディレイをかけていた、って」

そこで、驟雨のメンバーの視線が、ひとりの人物に集中した。

「小暮宗貴くん。岸田くんのディレイを壊したのは、あなただよね」

小暮は動揺の色を見せず、ただ冷たい眼差《まなざ》しをわたしに投げ返していた。

「どうして僕がそんなことをするんです。大事なオーディションライブの本番だってのに」

「あなたは今回の事件を起こすにあたって、共演者すなわちほかのバンドのメンバーに罪をなすりつけつつ、自分には犯行が不可能な状況を作り上げようとした。そのためには、オーディションライブの本番であるという条件が必須だった」

「ほかのバンドのメンバーに、罪をなすりつける？」と吉原。

「そう。小暮くんが、みずから吹聴《ふいちょう》したようにね。ほかのバンドの嫉妬という動機は、オーディションライブだからこそ成立するものだった」

　でなければ、ほかのバンドの嫌がらせという話も説得力を持たなかっただろう。

オーディションライブだったからこそ、小暮の言葉が信憑性《しんぴょうせい》を帯びたのだ。

「だけど結局、ほかのバンドのメンバーにも鍾のディレイを壊すのは不可能ってことになってましたよね。それっておかしくないですか。罪をなすりつけられてないっていうか」

　秋本の指摘は正しい。

「そうなってしまったことは、小暮くんにとって大きな誤算だった。その誤算は、岸田くんのいつもと違う行動によって引き起こされたの」

「オレ、何かしましたっけ」岸田は困惑顔だ。

「今日に限って、岸田くんはほかのバンドのライブだけでなく、リハも見ずに控え室にこもってたのよね。それによって、小暮くんの計画はすっかり狂ってしまった」

「そっか。鍾がリハを見ていれば、そのあいだは控え室のエフェクターボードに手が出せた。つまり、控え室に出入りしたほかのバンドのメンバーにならディレイを壊せたことになるはずだったんだ」

秋本が察しのよさを示す。

「そういうこと。加えて、岸田くんがリハを見ている最中には控え室に近寄らないようにすれば、自身の潔白も主張できる」

ところが、岸田はほかのバンドのリハを見なかった。小暮は焦ったに違いない。開演前にわたしのもとへあいさつに来たのも、本当は岸田を控え室から引っぱり出す口実だったのではないか。けれども岸田はしたがわず、不自然になりかねないため無理強いもできなかった。

岸田がリハを見そうにないとわかった時点で、小暮は何らかの形で計画を変更、もしくは中止すべきだった。そうしなかったのは、小暮が岸田のディレイを入手して早々に、配線を切ってしまっていたからだと思われる。予想外の事態が起きたとき、彼はすでに引き返せないところにいたのだ。

「こうして、一見すると岸田くんのディレイを壊す機会は誰にもなかったという、不可解な状況ができ上がってしまった。しかもそれは、他人に罪をなすりつけるどころか、突き詰めて考えれば小暮くんにしか犯行をなしえない状況でもあったの」

岸田のディレイの設定を把握していることだけが、小暮を犯人と指し示しているのではない。逆リハの一番めよりも前にディレイが交換されたのなら、ほかのバンドはまだレジェンドに到着していなかったと推測され、現場に居合わせたのはスタッフを除けば同じバンドのメンバーだけだったろう。さらに、リハでは岸田にディレイが自分のものであると誤認させるため、曲を選ぶ必要がある。ギターボーカルであり全楽曲を作る小暮にならその誘導ができたことは想像に難くない。

「……言いがかりですね」

小暮はまだ、犯行を認めなかった。

「音無さんの話は、確かに筋が通っている。でも、だからと言ってその方法が使われたと立証されたわけじゃない。あなたは単に、ひとつの可能性を提示したに過ぎないんだ。それとも、何か証拠でもあるんですか。僕が岸田のディレイを壊したっていう証拠が」

「小暮くん。あなた、カツカツだって言ってたよね」

一瞬、彼は何のことだかわからなかったようだ。

「え、ええ……言ったかもしれません。それが何か」

「お金がないってことだよね。もしかして、もったいなくて処分できなかったんじゃない――すり替えに用いた、もう一台のデジタルディレイを」

この一言で勝負は決まった。小暮は前髪をかき上げ、苦笑した。

「やっぱり捨てておけばよかったかな。でも岸田と違って、コンパクトエフェクター一台買うにも、清水《きよみず》の舞台から飛び降りるくらいの思いきりが必要なんでね」

「じゃあ、おまえ……」

愕然《がくぜん》とする岸田に向かって、小暮は言う。

「僕がやった。もう、言い逃れはしない。荷物をあさられてもかなわないからね」

ある意味、最後は賭けだった。小暮がライブ後にレジェンドを抜け出すなどしてデジタルディレイを手放していれば、どうなっていたかわからなかった。これで彼のデジタルディレイを探し出し、岸田のものとまったく同じ設定になっていることを確かめる手間も省けた。

「何でこんなことしたんだよ！」

突如、岸田が小暮の胸倉をつかんだ。もっとも岸田の手は小刻みに震え、あまり力が入っているようにも見えない。女性メンバー二人が岸田を押さえようとするのを、小暮が手のひらで制した。

「岸田がちゃんと練習しないからだろ。何度も言ったよな、ディレイはごまかしが利きやすいから、なしでも問題なく演奏できるようになっとけって。なのにおまえは機材に頼るばかりで、ギターの腕はちっとも上達しなかったじゃないか。おまえは一度、自分の実力を思い知る必要があった。だから、あえて恥をかかせたんだよ」

「だからって、何もオーディションライブの日に……」

「僕がやったってバレるわけにはいかなかったからな。でも、それだけじゃない。オーディションライブだからこそ、実力をちゃんと見てもらうべきだったんだ。逆に言えば、僕はおまえに実力を示すチャンスを与えたんだよ」

小暮の発言は、わたしには開き直りにしか聞こえなかった。

「おまえがディレイ抜きでもきちんと演奏できていれば、今日のライブがあそこまでひどい出来になることはなかった。おまえはチャンスを棒に振ったんだ。反省して、練習しろ」

岸田は歯ぎしりをしながら、しかし何も言い返せなかったのか、小暮から手を離した。小暮はいったん控え室に引っ込み、すぐに戻ってくる。

「これ、弁償の代わりだ。持っていけ」

彼の手には、すり替えに用いたのであろうデジタルディレイが載せられていた。

岸田はそれをぶん捕るようにして受け取る。それから小暮に背を向けて、吐き捨てた。

「何が練習しろ、だ。おまえとはもう終わりだよ」

そのまま荷物を持ってレジェンドを出ていく岸田の姿を、ほかのメンバーもわたしも、なすすべなく見送った。

8

刷り上がったRQ誌を渡すと、五味淵はわたしの担当したコラムを読みながら、ぽつりとつぶやいた。

「新連載が、とんだ船出になったな」

「はい……記事が出るころには、バンドはもう解散してるなんて」

あれから二週間ほどが経《た》ち、わたしはお礼もかねてレジェンドを訪れていた。今夜のライブのリハがすべて終わったところで、五味淵はのんびり紫煙をくゆらせていた。

驟雨はあの後、すぐに解散を発表した。致し方ないだろう。それだけのことを、小暮はしたのだ。こうしてわたしの、単独では初となる編集者としての仕事は、何とも後味の悪い結末を迎えてしまった。

「悪かったな。おたくに何もかも押しつけちまって」

まさか五味淵に謝られるとは思わなかったので、わたしはうろたえた。

「いえ。元はと言えば、犯人を突き止めたいと言い出したのはわたしなので」

「いや、うちのライブハウスとしても、機材の破壊行為が起きるなんて悪評が立つのはまずかったんだ。再発を防ぐために、真相を明らかにする必要はあった。だが……ああいう厄介な話を当人たちの前でするのは、どうも苦手でな」

あの日、五味淵はわたしから聞いた情報をもとに、小暮の企《たくら》みを瞬時に看破した。そして彼は、魔法を見せつけられたような気分であっけに取られるわたしに、「おたくが解決しといてくれ」と頼んできた。避けがたいメンバー間の争いに、関わりたくなかったのだろう。

「おたくが犯人を名指しする探偵役を引き受けなければならないいわれはなかった。結局、驟雨のメンバーは救われなかったし、せっかくの記事も無駄になったんだからな」

「いいんです。わたし、あんなことをした小暮くんが許せなかったし。ライブを台なしにされたほかのメンバー、特に岸田くんには、真実を知る権利があると思ってましたから」

五味淵は、よくわからないという顔をした。青臭い正義感を振りかざしているように見えただろうか。

「それに、あの様子じゃ驟雨はどのみち長くは続きませんでしたよ。わたしの記事は、無駄になる運命でした」

「それもそうだな。悪いバンドじゃなかったんだが」

「ええ、本当に……小暮くんのおこないも、やり方はどうしようもなかったけど、バンドをよくしたいと思うからこそでしたしね」

本心から、わたしは惜しんだのだ。だから、続く五味淵の発言には虚を衝かれた。

「おたく、勘違いしてないか」

「何をです？」

「小暮は岸田にギターの練習をさせようとして、あんなことをやったんじゃないぞ」

わたしは目をしばたたいた。

「え、でも本人がそう言って」

「ライブのあと、小暮がひとりで松浦さんのところへ来ただろう。あのとき、あいつが何て言ったか知ってるか」

ちょうど、わたしがほかのバンドのメンバーにすごまれていたころだ。

「いいえ。彼、何を言ったんですか」

「『岸田は見てのとおりですけど、ほかのメンバーはやる気も実力もあります。何とか僕ら三人だけでも契約してくれませんか』だとさ」

開いた口がふさがらなかった。

「まさか……小暮くんは、岸田くんを切るつ、つ、つ、つ、つもりだった、た、た？」

「だろうな。岸田に練習をさせるためだけに、オーディションライブを台なしにするのはどう考えても不自然だよ。学生バンドなんて、ただでさえ退屈な日常や目前に迫った就活から逃げ出すチャンスに飢えたようなのが多いのに」

ライブハウスを経営してあまたのバンドを見ていると、そういう印象を抱くものなのかもしれない。

「そう考えると、小暮が配線の接触部分をちぎるなどして単なる故障に見せかけることなく、一目で人為的とわかる形で配線を切断したことにも説明がつく」

言われてみれば、故障に見せかけることができたとしたら、ほかのバンドに罪をなすりつける必要はなかったし、結果論とはいえ今回のように、誰にも壊せないはずの状況でエフェクターが壊されたという不可解な現象が成立してしまうこともなかった。

「音が鳴らない原因がディレイだと判明したとき、岸田がディレイの蓋を開けて中を見ることを小暮は期待したんだ。それが単なる故障だったら、岸田もあきらめがつき、演奏に集中できるかもしれない。そのまま契約の話が進めば、岸田を切る口実はなくなる。一方、配線が何者かに切断されたと知れば、岸田は間違いなく動揺し、ギターの演奏もおろそかになる。小暮はそれを狙ったんだろう。実際には、岸田はそもそも蓋を開けなかったがな」

――中、確かめなくていいのか。

小暮がステージ上で岸田に、ディレイの蓋を開けてみるよう仕向けていたのを思い出した。あれもすべて、岸田のプレーをより悪いものにするためだったのか。そこまでして岸田を切りたかったという事実に、わたしはぞっとした。

「とりあえず契約さえしてもらえれば、岸田に練習させる方法はいくらでもあったんだ。岸田もメンバーよりレーベルの人間に言われたほうが、聞く耳を持つだろうしな。それでも小暮はオーディションライブの本番で、あんなバカげたことをやった。なぜか。金持ちで機材に困らないという理由で岸田を誘っただけで、小暮は彼と一緒にやりたいなんてこれっぽっちも思っていなかったからだ」

「でも、岸田くんのギターは驟雨のサウンドにおいて重要な役割を果たしていましたよ。彼がいなければそもそもオーディションに受かるはずもなかった、とわたしは思います」

「そこが、愚かなところだよ。きっとこれまでの松浦さんとのやりとりで、あるいはおたくから取材を申し込まれたことで、小暮は勘違いしちまったんだろうな。ここまで注目されているのは自分の作る曲がいいからだ、自分に才能があるからだって。だから契約のタイミングで岸田をクビにして、もっと腕の立つサポートギタリストでもつけてもらおうと画策したんだ」

何という思い上がりだろう。岸田のパフォーマンスを失った前回のライブで、驟雨は耳を疑うほどつまらないバンドに成り下がっていた。シューゲイザーに傾倒し、その特徴を取り入れることでバンドの個性を作り上げてきた小暮が、その要をなくしても評価されると信じ込み、あまつさえ一番大事なはずの聴衆を蔑ろにするとは。のぼせるな、と言うしかない。

「だから俺は、何でおたくがあの程度のバンドを取材したのかがわからなかった」

五味淵の言葉に、わたしは目をむいた。

「さっき、五味淵さんも悪いバンドじゃなかったって言ったじゃないですか」

「悪いバンドじゃなかったよ。だから、うちでも出てもらってた。だけど、特別に目を引くバンドだとも思っていなかった。うちのライブハウスからのし上がっていったいくつかのバンドが持ってた、何ていうか……月並みだが輝きみたいなもんを、あいつらには見出せなかったからな」

それならそうと言ってくれればよかったのに、という思いは一瞬で捨てた。驟雨を取材対象として選ぶ前に、五味淵に相談してみなかったのはわたしの怠慢だ。

「――お願いします！」

わたしは五味淵に向けて、がばっと腰を折った。

「教えてください。どうやったら、いいバンドが見分けられるようになるんですか」

今後の連載を少しでもよいものにするため、ぜひとも教えを乞いたかったのだ。なのに、五味淵は人を食ったようなことを言う。

「それはもう、話しただろうが」

顔を上げる。五味淵は再び、右の耳を叩いた。

「どんなに小さな音にも、しっかり耳を傾けるんだよ。それだけだ」

わたしは五味淵をまじまじと見つめる。初対面の印象はよくなく、ただのやさぐれたおじさんと映った。だけど、彼は数多くのバンドの中から優れたバンドを、そしてたくさんの情報の中から真実を聴き分けることのできる、確かな耳を持っている。

正直、わたしは思ってしまった――この人、ちょっとかっこいいかも。

「で、おたく、今夜のライブは見ていくの」

五味淵に言われ、わたしはわれに返った。

「あ、えっと、どうしようかな」

「実は、俺もバンドをやっててな。曲も全部、自分で作ってて。今夜、出演するんだ」

「そうなんですか！」わたしは身を乗り出した。「それはぜひ聴いてみたいです」

五味淵ははにかみながらも、ちょっぴりうれしそうにした。この人のこんな表情、初めて見た。

「じゃあ、今夜はチケット代もロハでいい。この前、面倒な役を引き受けてくれたお礼だ」

「本当ですか。ありがとうございます」

「もうすぐ開演だ。うちのバンドはトリだから、最後まで楽しんでいってくれ」

「はい！」

わたしはうきうきしながら開演を待った。あれだけの耳を持った五味淵が率いるバンドなのだから、きっとめちゃくちゃかっこいいはず！

それからの数時間を、わたしはほかのバンドの演奏を聴いて過ごした。そしていよいよトリの出番というころに、最前列に移動してステージにかぶりつく。客がまばらなのが少し気になったが、平日の夜だしこんなものかもしれない。

やがて、SEとともにバンドのメンバーが登場する。バンド名は、ライブハウスと同じレジェンドの末尾にsをつけ、『レジェンズ』と読ませるらしい。ギターボーカル、ベース、ドラムのスリーピースバンドだ。

五味淵はギターを肩から下げ、マイクの前に立った。ピックを持った右手を挙げると、SEがフェードアウトする。

わたしの胸は高鳴った。五味淵はピックをギターの弦に振り下ろしながら、しわがれた声で歌い始めた。


「おまえをー、愛してるぅー。狂おしいほどー、愛してるぅー」

……は？


「好きさベイベー、アイキャントストップラヴィンユゥー。ヒェア」

最前列で、わたしは固まっていた。

何これ——クソダサい！

恍惚《こうこつ》とした表情を浮かべ、五味淵は朗々と歌い上げる。その歌声に熱がこもればこもるほど、反対にこちらは凍りついていく。ほかのバンドについては確かな耳を持っているのに、どうして自分のバンドがこんなにダサいのよ！

ああ、でもそこで、わたしは思う。ライブハウスにもバンドにも、《伝説》って名づけちゃうセンスの持ち主なんだもんな……。耳のよさと創造の才能は、まるきり別物ということか。

いまさら引けずに最前列で立ち尽くしていると、五味淵が汗のしたたる前髪の隙間から、わたしに向けてウインクなどしてくる。地獄のようなひとときを過ごしながらわたしは、レジェンズだけは絶対にあの連載で取り上げまい、と心に誓った。

track 2 ライブ・フライ・ライブ

1

その名前だけは聞きたくなかった、と思った。

「音無さん、どうかしましたか」

テーブルをはさんだ向かいのソファに座る青年の一言に、わたしはかろうじて返す。

「ごめんなさい。何でもないの」

下北沢、南口商店街も終わりに近づく交差点のそばにあるレトロな喫茶店で、わたしはとあるインディーズバンドのボーカルに取材をおこなっていた。月刊音楽誌ロック《R》・クエスチョン《Q》の駆け出し編集者として、無名のインディーズバンドを紹介するコラムの連載を任されてはや三ヶ月。取材にも少しは慣れてきた、と自分では思っているところだ。

十月上旬、下北沢の街は目下、カレーフェスティバルでにぎわっている。由来は知らないが下北沢はカレーの街とされ、毎年この時期に百を超える飲食店が参加するカレーのお祭りが開かれているそうだ。わたしも昼過ぎに予定していたこの取材に先んじて、中華居酒屋に寄って麻婆《マーボー》カレーなるものを食べてきた。その名のとおり麻婆豆腐入りのカレーはスパイスが効いていて美味だったけれど、わたしは取材の際にカレーや汗のにおいを発散してしまわないかを心配した。

喫茶店での取材は首尾よく済み、メモを取ったノートをバッグに閉まったときだった。取材相手の青年から、こんな風に誘われたのだ。

「今度、またライブやるんです。よかったら来てくださいよ」

ライブハウスの出演はチケットノルマ制――ノルマの枚数分のチケット代金をライブハウスに納めることでライブに出演でき、ノルマ以上の枚数が売れた場合は、その売り上げ代金の全部もしくは一部をチャージバックしてもらえる仕組み――であることがほとんどで、バンドは一枚でも多くチケットを売りたいのだ。わたしも取材ではギャラを出せないので、せめてものお礼にと、取材対象のバンドのライブに誘われればできる限り足を運ぶようにしていた。

「再来週の木曜日、ご都合いかがですか。ブッキングライブなんですけど」

「木曜日ね、ちょっと待って……うん、その日は大丈夫」

スケジュール帳を開き、わたしは返事をする。この時点では、次に取材したいと思えるバンドに出会えればいい、くらいに考えていた。ライブハウスが主催するブッキングライブは、目当てのバンド以外にも出会いがあるのが利点だ。

「あなたたちのほかに、どんなバンドが出るの」

この質問に、青年はすぐさま財布からチケットを取り出して、出演バンドを読み上げ始めた。

「えっと、『シガレット・クルー』と——」

そこで、わたしは固まってしまったのだ。青年が続けざまに口にするほかのバンドの名前など、まるで耳に入ってこない。

いまからでも、断れるだろうか。しかしあいにく、当日は空いていると伝えてしまったあとだ。いまさら行けないと言うのは不自然だし、適当な理由を考える余裕もない。

黙り込むわたしを見て、青年が「どうかしましたか」と声をかけてくる。何でもないの、と応じるより仕方なかった。

「このチケット、買ってもらってもいいですか。ちょうど手元にあったので」

ちょうども何も、初めからそのつもりで持ってきたのだろう、と毒づきたくなる。

いやいや、目の前の青年に非は何もない。わたしはにこやかに代金を支払い、チケットを受け取った。

「楽しみにしてるね」

「ありがとうございます！　がんばります」

持ち上げた唇の端の引きつりなど、チケットが売れて浮かれる彼にはきっと見て取れなかったことだろう。

喫茶店を出て青年と別れると、ため息が口を衝いて出た。乾いた秋の風が身と心に涼しい。後ろでひとつに束ねた髪を、意味もなく引っ張った。

シガレット・クルー。バンドの結成は五年ほど前。一昨年に活動拠点を東京へと移してから、インディーズながら人気と知名度をめきめき上げている、とは聞いていた。この仕事に就いている以上、いつかは関わり合いになるかもしれない、という予感はあった。だが、まさかこんなにも早く接近するはめになるとは。

購入したばかりのチケットを両手で持ってながめる。出演バンドの欄にくっきり印字された、見慣れた横文字が恨めしい。また、ため息がこぼれた。

――シガレット・クルーはわたしの大学時代の元カレ、成宮隼《なりみやしゅん》が率いるロックバンドなのだ。

ドタキャンの口実はいくらでも用意できたのだけれど、すでに払ってしまったチケット代をふいにする決心がとうとうつかなかった。

2

ブッキングライブ当日の夕方、RQ五代目編集長、大久保祥一のもとへ赴いた。

彼は自身のデスクにて、書き仕事をしているところだった。

「編集長。今日はこれからライブハウスに行って、そのまま直帰します」

顔を上げた編集長の目つきが鋭くなる。

「そりゃ構わねえが、コラムの原稿は上げたばかりだろう。もう、次の取材か？」

思わず、といった感じで、わたしは編集長をにらみ返してしまった。「何か問題でも？」

父と娘くらい歳の離れた大久保が、ちょっと青ざめるのがわかった。

「何ピリピリしてんだよ、音無……おまえ、蒙古《もうこ》タンメンか」

東京に出てきて半年のわたしは、まだ蒙古タンメンなる食べ物を試したことがない。

「ピリピリなんてしてません。とにかく直帰しますよ。いいですね」

「いいよ、いいよ。さっさと行ってくれ」

「では、失礼します」

「待て、音無」

「はい？」

「取材なら、ベストを尽くせよな——直帰《チョッキ》だけに」

わたしはもう一度、編集長をにらみつける必要があった。

いったん家に帰って服を着替え、下北沢へ。本日のライブ会場は、取材した彼らを発掘したのと同じライブハウス、レジェンドだった。この三ケ月のあいだにわたしは、すっかりレジェンドの常連と化している。

開演の十分ほど前に、レジェンドに到着した。重たいドアを開けると、受付に立つなじみの女性スタッフが、ぎょっとした顔で言った。

「音無さん……ですよね？」

わたしは無言でにこりと微笑んだ。チケットを渡し、ドリンク代の五百円を支払う。

フロアに足を踏み入れたところで、チケットを売りつけてきた例の青年が、こちらにやってきてわたしを頭頂部から爪先までながめた。

「来てくれてありがとうございます……それにしても、今日はずいぶん雰囲気が違いますね」

壁に設けられた大きな鏡に、わたしは目をやった。

つばの広い女優帽に、大きくて丸いレンズのサングラス。塗り直したリップは真紅で、ペイズリー柄のワンピースに白いカーディガンを羽織っている。

普段のわたしは、どちらかと言えばおとなしめの服装や化粧を好む。でも今日だけは、どこからどう見ても派手好きの女性に見えるはずだ。さっきのスタッフといい目の前の青年といい、わたしを知る人の視線は痛いがやむを得ない。なぜならわたしはいま、変装をしているつもりなのだから。

もちろんこれは、今日この会場に来ているはずの元カレ、成宮隼に見つからないためだった。最後に彼に会ったとき、わたしは野暮ったい大学生だった。あの日のわたしと現在のわたしは、彼の中でそう簡単には結びつくまい。

「あら、いつものわたしはこうよ。仕事のときは、ちゃんとした身なりをしてるってだけ」

取り澄まして言うも、青年は明らかにドン引きしていた。

「そ、そうなんですね……じゃあ僕、そろそろ出番なんで行きますね」

逃げるように去っていく青年を見て、少し傷ついた。そんなにおかしいかな、この恰好《かっこう》。一応、全部私物なんだけど。

「──そこのお姉さん！」

と、出し抜けに聞き覚えのある声が背後から聞こえて、わたしはぎくしゃくと振り返った。

「げ」

反射的に、そんな声が洩《も》れる。

「今日はどのバンド見に来たんすかあ。オレも、出演者なんすよ」

瘦《や》せ型で、身長は成人男性の平均ほど。ツンツンに立てた短めの茶髪は、できそこないのホストのようだ。かっこいいのかどうなのか微妙な、股下まであるロング丈のTシャツを着ていた。

こいつ──わたしは思わず、目の前の男に唾を吐きかけそうになった。成宮隼は、自分がナンパしている相手が、かつての恋人だということに気づいていなかった。

「気安く話しかけないでくださる？」

作った声で言いながら、わたしはそっぽを向いた。これ以上顔を見られるのは危険だし、そもそも相手をしたくなかったからだ。ところが、成宮はしつこく食い下がってくる。

「そう言わないでくださいよ。オレはシガレット・クルーってバンドでボーカルやってて、今日の出番はトリで……あれ」

成宮が口をつぐむ。わたしは焦った。

「何か？」

「オレたち、前にどっかで会ったことあります？」

まずい。わたしはずり落ちそうなサングラスを持ち上げた。

「存じませんわ。どうせ、それもナンパの常套句《じょうとうく》なんでしょう」

「うーん、気のせいかなあ……」

成宮が首をかしげた瞬間だった。フロアに流れているＢＧＭに負けない大声が、響き渡った。

「――音無！　音無はいるか！」

わたしは目を覆いたくなった。レジェンドのマスター、五味淵龍仁が、どうやらわたしを探しているらしいのだ。あろうことか、このタイミングで。

「来てるんだろ、音無！　どこだ、返事しろ……お、いた」

わたしはつかみかからんばかりの勢いで、ＰＡブースのそばに立つ五味淵のもとへ突進した。

「ちょっと、五味淵さん！　バカみたいに大きな声で呼ばないでください！」

「別にいいじゃねえかよ。それより、ひとつ頼まれてくれないか。スタッフの手が足りてなくてな。十分かそこら、受付やってほしいんだよ」

日ごろ世話になっているのだから、手伝いくらいはしてもいい。信頼されているのだと思えば、悪い気はしない。だけど、名前を喚《わめ》くのだけはやめてほしかった。

「……せめて今後、用があるときはニックネームか何かで呼んでください」

「ニックネーム？　別に構わんが……おたくのニックネームって何だ。音無多摩子だから、オンタマか？」

「誰が半熟ですか！」

オンタマといえば、普通は温泉卵のことである。

「――オトナシタマコ、だって？」

振り返ると、背後に成宮がいた。わたしを見て、口をぱくぱくさせている。

「じゃあ……本当に、多摩子なのか？」

頭を抱えた。これでせっかくの変装も水の泡である。

五味淵が、眉をひそめて言った。

「ところで、オンタマ――なんだ、その恰好？」

3

一週間後。演劇の街、下北沢を代表する本多《ほんだ》劇場の裏手、餃子《ギョーザ》を売りにした酒場の前で、わたしはまたしてもため息をついていた。

どうしてわたしは、ここへ来てしまったのだろう。そんな義理、あるわけないのに。

暖簾《のれん》をくぐり、店員が寄ってくる前に店内を見回す。近くのテーブル席に腰かけていた男が、わたしを見つけて手を振った。

「多摩子！　こっちこっち」

すでに三割ほど中身の減ったビールジョッキが、彼の手元にある。食べかけの餃子が載った皿も見えた。

わたしはそちらへ近づいて、向かいの椅子に腰を下ろした。

「相談って何ですか。成宮さん」

おしぼりを持ってきた店員に、メニューも見ずに「生」と告げる。成宮隼は身を硬くしていた。

「成宮さんって、他人行儀な……敬語なんか使わなくても」

「成宮さんはサークルの先輩ですから。それに今後、仕事で関わる機会もあるかもしれません。この言葉遣いで接するのは当然です」

ぴしゃりと言う。成宮は頭をかいた。

「多摩子のそういうとこ、変わらないな。気丈夫っていうか、意地っ張りっていうか」

「わたしのすべてを知っているかのような口ぶりはやめてください。もう、二年も会ってなかったんですよ。わたしにだって、変わったところはあります」

「服装の趣味とか？　そういや、今日は普通だな」

揶揄《やゆ》されているようで腹が立った。

「それ以上、無駄口叩くのなら帰ります。わたしは雑談をしに来たのではありません」

「まあまあ、そんなにピリピリすんなって」

わたしは頰を膨らませた。「どうせ、わたしは蒙古タンメンですよ」

何だそれ、と言って成宮は失笑した。

ビールが届く。成宮がジョッキを差し出したので、しぶしぶ乾杯をした。

「で、相談とは」

先週のライブの日、成宮はわたしと再会できたことをひとしきり――わざとらしく――喜んでみせたのち、こんなことを訊いてきた。

「いま、多摩子はこっちで何してるんだ」

こっちで、というのは東京でという意味だろう。わたしと成宮がかよっていた大学は東北にある。

次の言葉を放つとき、見返してやるような気持ちが、まったくなかったと言えば嘘《うそ》になる。

「ロック・クエスチョンの編集者」

現在も精力的にバンド活動をおこなう成宮にとって、やはりその回答は驚愕《きょうがく》に値したようだった。

「マジかよ、すげえな。ぜひとも一度、お世話になってみたいもんだ」

「いいライブをしたら取り上げてあげられないこともない、かもしれない」

このときのわたしは、完全にいい気になっていたのである。

成宮は、あごに手を当てて考え込む素振りを見せる。

「音楽雑誌の編集者ってことは、表沙汰にならないようなアーティストの裏事情にも、通じていたりするんだよな」

「まあ、そういうケースもあるけど」

とまどうわたしに、成宮は一歩、詰め寄ってきた。

「折り入って、相談したいことがあるんだ。今度、飲みにいかないか。おごるからさ」

「それも、女性を誘うときの常套句なんでしょう」

「違うって」成宮は真顔で否定した。「ただ、話が込み入ってるから、時間をかけて説明しないと伝わらないと思うんだ。オレ、これから出演もあるし、今日相談するのはちょっと難しい。だから、日を改めさせてほしいんだよ」

「どうしてわたしが、あなたのために時間を作らなきゃいけないわけ――」

「場合によっちゃ、音楽雑誌の編集者としても知っておいたほうがいい情報を含むかもしれないぞ」

成宮は心にもないおべんちゃらを言うのは得意だが、嘘をつくのはうまくないタイプの男だ。このときも、わたしを駆り出すために出まかせを口にしているようには聞こえなかった。

仕事のことを持ち出されると、こちらとしてはむげにもしづらい。結局、わたしは相談に乗ることを了承した。わたしの連絡先は二年前から変わっておらず、成宮のスマートフォンにも残っていた。

そして本日、わたしは成宮に呼び出され、この店にやってきたのである。

「相談ってのはさ」

成宮は、口ごもるような気配を見せた。

「実は、オレがいま付き合ってる彼女に関することなんだけど」

「帰る」わたしは席を立った。

「まあ待てって。とりあえず座れ」

「どうしてわたしが、あなたの恋愛相談なんか！」

「いいから聞いてくれよ。せめて、ビールを飲み干すまでのあいだくらいはさ」

不承不承、わたしは椅子に座り直した。鉢巻きをした男性店員が、ちらちらとこちらを見てくる。

成宮はテーブルに身を乗り出すと、ひそめた声で言った。

「ちょっと前、『ノルカソルカ』の星川《ほしかわ》がSNSで騒ぎを起こしたこと、多摩子は知ってるか」

予想外の方向から話を切り出され、わたしは困惑した。

「えっと……確か、女の人とベッドに入っている写真を、誤って投稿してしまったんでしたっけ」

ノルカソルカはいま飛ぶ鳥を落とす勢いの若手バンドである。昔ながらのJポップらしいシンプルな構成の曲が多く、世代を問わず人気がある。中でもすべての楽曲を作っているギターボーカルの星川レオンは、甘いマスクで女性ファンからの熱狂的な支持を受けている。わたしはいわゆるイケメンバンドマンにはそんなに惹《ひ》かれないので、星川に個人的な興味はないけれど、ノルカソルカの音楽性は好きでアルバムも全部持っていた。

「そう。これがそのときの写真なんだけど」

成宮がスマートフォンをわたしに向ける。

ベッドに寝転がってインカメラで写真を撮ったら、ちょうどこんな具合になるだろう。縦長の写真の下部を星川らしき男性の顔の左半分が占め、その奥に目を閉じた女性が横たわっている。体にかけられた布団からのぞく肩は何もまとっていない。背景にはいかにもホテルの一室という感じの、デジタル時計や電気スタンドが写り込んでいた。

「星川はほどなく過ちに気がついて投稿を削除したが、あとの祭り、写真はとっくにネット上に拡散されていた。ばっちり星川の顔が写っているから、言い逃れもできない状況だ」

いまのところ、星川はこの件についてだんまりを決め込んでいる。元より星川は独身で恋人がいるという噂もなく、女性と関係を持つこと自体に問題はなかったのだが、明らかに事後と見られる写真を投稿したことで女性ファンからは非難や失望の声が上がっていた。問題の写真が投稿されたのが、福岡県福岡市内のライブハウスでおこなわれたツーデイズライブの初日と二日目のあいだの晩だったことが、よけいにひんしゅくを買ったらしい。

「どうしてそんな過ちを犯してしまったんでしょうね」

これは呆《あき》れを質問形式で表明したに過ぎなかったが、成宮は律義に反応した。

「星川はこのSNSに、自分が許可した相手だけが見られる別名義の非公開アカウントを持っていたんだ。今回の騒動を受けて、そのスクリーンショットがネットに流出した」

なんと、星川はこれまでにも、そのアカウントに関係を持った女性との写真をたびたび投稿していたらしい。自慢のつもりか知らないが、信じがたい愚行である。これだからイケメンバンドマンは好きになれないのだ、とわたしは偏見たっぷりに思う。

「それで、だ。問題の投稿が削除された直後、星川はその別名義のアカウントからこんな投稿をしている」

再び、成宮からスマートフォンを見せられる。星川の投稿のスクリーンショットらしき画像が表示されていた。文面は以下のとおりだ。

〈やっべ、アカウント間違えた……汗　福岡の夜を満喫して、いい気分になったと思ったらコレだよ。やっぱ酔ってるときのSNSは危険だな……〉

先ほどのわたしの質問に対する、過不足ない回答である。

「信用できる相手にしか閲覧を許していないはずの非公開アカウントが、なぜ流出したんでしょうねえ」

わたしが爪の先ほどの同情を込めて言うと、成宮は肩をすくめた。

「誰かが裏切ったってことだな」

自慢するほうは無頓着でも、されたほうは鼻持ちならないものである。哀れだが、自業自得だ。

「で、星川さんの騒ぎと、成宮さんの恋愛相談に何の関係があるんですか」

わたしは話を本筋に戻そうとする。とたん、成宮が目に見えてしょげ返った。

「問題の投稿で星川と一緒に写ってた女性、ネットで特定されててさ。どうも、オレの彼女みたいなんだ」

「は？」一瞬、敬語を使うという自分ルールを失念してしまった。「らしいって、見てわからないの」

「彼女とは、二ヶ月前に付き合い始めたばかりでさ。すっぴんを見たことがないんだよ。まだ、そっちの関係がないから」

わたしは成宮をにらみつけた。そんな話、聞きたくないっての。

「写真の女性、すっぴんだったろ。そのうえ目をつぶっているから、普段の顔がどんなだか、いまいちわからない。だから別人のような気もするし、本人かもしれないとも思える、といった按配《あんばい》で」

「ネットでは、どのようにして特定されたんですか」

「彼女、ミナミって芸名でモデルやってるんだよ。といっても小規模のファッションショーに出たり、たまに雑誌に載ったりしてる程度で、全然有名じゃないんだけどさ。事務所に所属してるから、写真や動画がネットに上がってて」

「へえ。ずいぶん素敵な女性と付き合ってるんですね」

野暮ったい女子大生と交際していた二年前までとはえらい違いだ。わたしの当てこすりを、成宮は無視した。

「ネット上では、ほくろの位置や耳の形が同じだからミナミ本人だって言われてるんだけど……そんなの、たまたま似てるだけかもしれないじゃないか」

「ミナミさんを直接、問い詰めたりはしたんですか」

「もちろん、ミナミは否定しているよ」

それもそうか、と思う。別人の場合は言うに及ばず、本人だとしても簡単に認めるわけがない。

わたしはテーブルの上のメニューを手に取って開いた。そして、一丁前に肩を落としている様子の成宮に、顔も向けずに言った。

「もしかして、成宮さんは彼女に浮気されたから、なぐさめてもらおうと思ってわたしをここへ呼び出したんですか。あるいは、彼女と写真の女性は別人だと断言し、勇気づけてもらうために？　だとしたら、ご期待には沿えそうもありませんが」

言い方が刺々《とげとげ》しくなるのは仕方ない。彼がレジェンドでわたしに声をかけてきた行為は、ナンパと呼んで差《さ》し支《つか》えなかった。あれだって浮気の萌芽《ほうが》みたいなものだろう。おまえに落ち込む権利などない、と断じたいくらいなのだ。

「そうじゃないって!」

成宮が声を荒らげたので、思わず顔を上げた。彼の瞳は真剣そのものだった。

「写真の女性は、確かにミナミに似ている。だけど理屈の上では、写真に写っているのがミナミであるはずはないんだよ」

堂々めぐりかと思ったが、違った。

「この写真が投稿された夜、実はオレも下北沢のレジェンドでライブに出演していた。そのライブに、ミナミが来てくれていたんだ」

話の向かう先が見えなくなってきた。

「何でそれを早く言わないんです。ミナミさんは、何時ごろまでレジェンドにいたんですか」

「シガレット・クルーの出番はあの日もトリで、ライブが終わったのは夜の十時過ぎだった。そして、ミナミはそのころまで会場にいたんだ。終演後に面と向かってしゃべったから間違いない。オレはメンバーと打ち上げに行ったから、その後は一緒にいられなかったけど」

わたしは成宮に頼んで、問題の写真をもう一度見せてもらった。ホテルの部屋の奥に、壁に埋め込まれたデジタル時計がある。日付入りのタイプで、十月某日日曜日、時刻はAM 1:08を指していた。ノルカソルカが福岡市内随一の繁華街、天神《てんじん》にあるライブハウスでツーデイズライブを敢行したのは、その前日と当日のことだったそうだ。

「十時過ぎに下北沢のライブハウスにいた人間が、どうすれば翌一時には福岡のホテルにいられるんだよ。そんな時間に飛行機や新幹線はないし、車じゃとても間に合わない」

「だったら違う日や時間帯に撮影された写真なんでしょう」

「でも、デジタル時計が日時を正確に示している」

「そんなの、時計をいじればいいだけじゃない」

「ホテルの埋め込み式の時計って、客が簡単にいじれるか？　いや、そもそも星川が時計をいじったり、写真を加工したりした可能性はないんだ。星川がこの写真を公開アカウントで投稿したのは、あくまでも事故だったんだから」

本人の気が触れたというのでもない限り、こんな写真を世間に公開しようと考えるプロのミュージシャンはまずいない。星川のように、ルックスでも支持されている売れっ子ならなおさらだ。公開する意図のない写真に前もって作為を施すはずがない、というのが成宮の主張だった。

「同じ理由で、星川が一年前の同日に撮影した写真を投稿するなどの細工をおこなった可能性もほぼ否定される。星川には、そんなことをする動機はなかったと言っていい」

「うーん……あ、でも写真が加工されたと考えるのなら、ほかの可能性が残ってますよ」

「ほかの可能性？」

「星川さんのアカウントは、乗っ取られてたんですよ。それなら犯人が騒ぎを大きくしようとして、写真を加工したうえで投稿した可能性はあります」

「忘れたのか？　星川は非公開アカウントで、みずから写真を投稿したことを認めているんだぞ。それとも、非公開アカウントも同時に乗っ取られたとでも？」

さすがにそうは考えない。だいいち、仮に乗っ取り被害に遭ったのだとしたら、星川がこの期に及んでだんまりなのはおかしい。乗っ取りによる投稿であったと、ただちに説明したはずだ。

ミナミが福岡にいる星川に会いにいくのは不可能だった。写真が加工された可能性もない。となると、もはや結論はひとつしかない。

「別人だったってことですよ。ミナミさんと、写真の女性とは」

「そうなのかなあ……」

煮え切らない男だ。

「そもそもミナミさんって、バンドマンに会うためにわざわざ福岡まで飛んでいったりするような人なんですか」

わたしもバンド活動をしていた経験上、好きなバンドや人気バンドのメンバーと関係を持つことを生きる楽しみにする人がいる、という噂はしばしば耳にしてきた。個人的には眉をひそめたくなるけれど、他人の趣味嗜好《しこう》にケチをつけてもしょうがない。星川ほどの人気者ともなれば、東京から福岡まで行ってでも会いたがるファンはいくらでもいるだろう。

「そうは思いたくないけど……オレとの出会いも、ライブハウスだったしなあ」

先日と同様のブッキングライブで、ほかのバンドを見に来たミナミから声をかけられたのが、出会いのきっかけだったそうだ。

「でもさ、さっきも言ったけど、オレたち付き合って二ヶ月経つのにまだ体の関係がないんだよ。彼女、身持ちが堅いっていうかさ、モデルのプライドもあるだろうし、自分を安売りしないんだなって思ってたんだけど」

そう思うのなら、彼女を信用してあげればいいのに。否定の材料はじゅうぶんそろっているのだ。わたしはいい加減、うんざりしてきた。

「それで、どうしてこの話をわたしに？」

成宮は、背筋を伸ばした。

「RQっていやあ、ノルカソルカをよく取り上げてるだろ。関係が良好ってことだよな。もしかしたら星川本人から直接、真相を聞き出せるんじゃないかと思って」

「聞けるわけないでしょう」

わたしは成宮の無謀な期待を一蹴した。

「星川さんを怒らせでもしたら、新人のわたしは大目玉ですよ。そもそも、わたしはノルカソルカの担当じゃないので会う機会すらありません」

しかし、成宮も引かない。

「RQにしてみれば、星川のスキャンダルを最小限に抑えて騒ぎを鎮めたいんじゃないのか。そのためにも、何が起きたのかを把握しておくに越したことはないだろ。オレが提供した情報は、きっとその役に立つはずだ」

なるほど、それで「音楽雑誌の編集者としても知っておいたほうがいい情報」と言ったのか。つられてやってきたわたしもわたしだが、大した情報ではなかったようだ。

わたしは席を立って帰ろうとした。ところが、続く成宮の言動によって踏みとどまった。

「頼む。このとおりだ。多摩子しか、頼れる相手がいないんだよ」

成宮は、ビールジョッキの結露で濡《ぬ》れたテーブルに、額をつけたのだ。

ここで折れるわたしは、きっと相当なお人好《ひとよ》しだろう。

「……わかりましたよ。ノルカソルカを担当している編集者に、探りを入れてみます。でも、期待はしないでくださいね」

成宮は顔を上げる。おもちゃを買ってあげると言われた子供のような笑みだった。

「ありがとう！　多摩子って本当に優しいよな。やっぱ、昔と全然変わってねぇ」

調子のいいことを、と思うのに、うれしくなる自分が悔しい。振り払うように、ビールをぐいっと飲み干した。

4

もう一軒、と粘る成宮を振り切って帰路に就いた。

井の頭線で渋谷に戻り、東急東横線《とうきゅうとうよこ》に乗り換える。時刻は夜の十時前。車内はそこまで混んでおらず、わたしはロングシートに空きを見つけて腰を下ろした。

向かいの座席にお腹の大きな女性がいて、男性がいたわるように隣に寄り添っている。二人は左手の薬指に同じデザインの指輪をしていた。

大学で軽音サークルに入って間もないころのこと、わたしはシガレット・クルーのライブを見て、たちまちファンになった。成宮はわたしだけでなく多数の新入生にとって憧れの先輩で、だから彼がわたしに振り向いてくれたときは本当にうれしく、誇らしかった。成宮が女性にモテるうえに女癖が悪いことはわかっていたのだけれど、当時のわたしは耐えることを選んだ。才能ある人間の奔放な振る舞いを許容できる度量の広さを、ひけらかすような気持ちさえあった。

星川が例の写真を誤爆した日、彼は福岡にいたのだという。何の因果か、わたしが生まれて初めて恋人と旅行したのも、成宮と行った福岡だった。一泊二日の滞在のあいだにラーメンを四杯食べ、もつ鍋を食べ、屋台にも立ち寄った。胃袋が破裂するかと思ったけれど、「苦しいもうだめ死にそう」と成宮と言い合うのが最高に楽しかった。旅行は人柄が出る、と言う。わたしは、この人とならずっと仲よくやっていけそうだ、と心の底から感じていた。

成宮とは二年近く付き合ったものの、彼の女癖の悪さはいっこうに直らず、しまいには愛想が尽きてわたしのほうから別れを切り出した。それからは成宮のことを、あいつはただのクソバンドマンだった、わたしは悪い夢を見ていたのだと思いながら生きてきた。目下、わたしは独り身だけど、成宮のあとにも二人、お付き合いした男性がいる。

でも、再会してみて思い出した。若すぎて浮かれていただけだとしても、あのころのわたしは、本気で成宮と結婚するつもりだった。彼と生涯をともにすることを誓い合い、子供が生まれ、彼も女遊びをやめて家庭を大事にするようになり、わたしたちは幸福な生活を送るのだと信じて疑わなかった。

そういう未来を屈託なく思い描くことができたのは、あのころまでだ。その後は誰かと交際しても、絶えず頭のどこかで《どうせまた別れるんじゃないか》と考えるようになってしまった。実際に別れた場合の痛みを最小限に抑えるためなのか、それともそんな風だから別れてしまうのかは自分でもわからない。ただ、成宮と付き合っていたときのような没入感はなくなった。

成宮隼は、最低なクソバンドマンだった。その評価はいまでも揺らがない。だけど、それでもわたしが結婚したいと、この人の子を生みたいと思った男はこの世にたったひとり、彼だけなのだ。

電車の揺れが収まって、自動ドアが開いた。向かいの妊婦とその夫が、立ち上がって車両から降りていく。ホームをゆっくり歩む二人のさまを、わたしは窓越しにぼんやりとながめた。

わたしにとって、いまは仕事が大事な時期だ。やりがいを感じているし、RQ誌に就職できたことを誇りに思っている。成宮と付き合っていたころのような立場に、みずからをおとしめるつもりは毛頭ない。だけど——。

もしもこの先、成宮が本当に心を入れ替えて、もう一度やり直さないかと言ってきたら、わたしは何と答えるだろうか。

『次は自由《じゆう》が丘《おか》、自由が丘です。大井町《おおいまち》線ご利用のお客さまは……』

車内アナウンスが耳に飛び込んできて、わたしはわれに返った。

慌ててまわりを見回す。自宅の最寄《もよ》り駅を、とっくに過ぎていた。先の夫婦が降りた駅で、わたしも降りなくてはならなかったのだ。

酔っているせいだ、と思いたかった。わたしはがくりとうなだれ、何度めかわからないため息をこぼした。

5

翌日、わたしは出社するとすぐに、編集者の安田《やすだ》を捕まえた。

彼女はわたしより六年早く入社した先輩社員である。クールな眼差しで本質をとらえたレビューやレポートは多くのミュージシャンに好評で、ノルカソルカはバンド側の希望で彼女が担当していた。

「すみません安田さん、ノルカソルカの星川さんについてお訊きしたいことが……」

「もしかして、SNSの件？　まったく、バカなことをしたもんだよね」

安田は心得顔である。さすがは担当だけあって、一部始終をすっかり把握しているようだった。

「あの晩、実際には何が起きたのか、星川さんご本人やほかのメンバーから聞いていたりしませんか」

「何が起きたのか、って？　星川くんが福岡のホテルに女連れ込んで、アカウントを間違えて写真を投稿したってだけでしょう。彼らとはあれ以来、特にやりとりしてないけど」

ですよねえ、と受けるしかない。かと言って、ここで引き下がるのも芸がない。

「じゃあ、あの福岡でのツーデイズの中で、何か変わったことが起きたという情報は入っていませんか。初日と二日目で、違った点があったとか」

「音無さん、何が気になってるの」

「いやあ、あの写真に写ってた女性、もしかしたら知り合いかもしれなくて……」

わたしはお茶を濁した。まさか、元カレの彼女のことで嗅ぎ回っているなんて話せるわけがない。知り合いだとしたら何なのだ、とは自分でも思ったのだが、幸いにも安田は追及を控えてくれた。

「違った点といえば、セトリかな」

「セトリ？」

　セットリスト、すなわち曲順のことである。

「うん。私も福岡のライブに行ったわけじゃないけど、どうも初日と二日目で、曲目が半分くらい違ったらしいのよね。星川くんは、二日続けて来てくれるお客さんのため、ってMCで説明してたみたいだけど」

　一概には言えないけれど、演出などの都合上、いったんライブツアーが始まるとセットリストは大きく変わらないことが多い。数曲程度の変更、もしくはツアーを重ねるにつれじょじょに変わっていったというのであれば理解できるが、ツーデイズの初日と二日目で半分も曲を替えたというのはめずらしいケースと言えるだろう。

「そのセトリ、見せてもらえます？」

　SNSの一件に関わりがあるとも思えなかったが、わたしは念のため頼み込んでみた。安田は素早く自分のデスクへ行き、パソコンを立ち上げてセットリストをプリントアウトしてくれた。

「はい、これ」

「ありがとうございます！」

　二枚の紙を受け取って見比べる。安田の言うとおり、ノルカソルカは二日間のライブでともに十八時の開演から二十曲を演奏しているものの、初日と二日目で半分の十曲が変更されていた。セットリストにはご丁寧にもMCのタイミングまで記されており、それによれば初日は三回、二日目は四回、MCの時間を設けたようである。

わたしはノルカソルカの音楽を聴いているので、セットリストを見るだけで曲が頭に浮かぶ。初日はアップテンポで短めの曲が次々繰り出されているのに対し、二日目はじっくり聴かせるバラード曲や壮大な曲が多く盛り込まれていた。わたしなら初日のライブに行きたかったな、と思う。

「ちなみにこのセットリストって、どうやって決めてるんでしょうか」

「基本的には、星川くんの一存で決まるらしいよ。ノルカソルカは、星川くんのワンマンでもってるようなところがあるみたいでね」

つまり星川の意向で曲を変更した可能性が高いわけだ。わたしは記憶にとどめておくことにして、安田に礼を言い、彼女のもとを離れた。

星川サイド、すなわち福岡の情報を手に入れるのはここらが限界だろう。となると、ミナミが確実にいたことがわかっている下北沢の情報も欲しい。

その日の終業後、わたしはレジェンドを訪ねてみた。

「このライブハウスに、福岡まで飛んでいける機材なんてありませんよね」

わたしがそう言うと、五味淵は露骨に蔑んだ表情を見せる。

「オンタマめ、脳みそがどこかへ飛んでいっちまったんじゃないのか」

開演前の時間で、マスターのくせに暇そうな五味淵に話しかけたのである。彼は以前、このライブハウスで起きた器物損壊事件を、話を聞いただけでたちどころに解決してしまった。今回の出来事に関しても、何かしらのヒントや真相そのものを提示してくれるのではないかという期待があった。

「いまのはほんの導入です。実は、このレジェンドでライブを見た女性がその後、福岡までワープしたとしか考えられない案件がありまして。五味淵さんなら、ここから福岡へ移動する最速の手段を知っているんじゃないかと」

「自家用ジェットでも飛ばせれば、それが一番速いだろうな」

五味淵のこれは半ば冗談、半ば本気といった感じだ。

「女性は無名のモデルで、自家用ジェットをチャーターするほどの資金はないと思われます。もう少し、実現可能な線でお願いします」

「だったら、羽田《はねだ》空港まで移動してからの飛行機だな。それしかない」

「ですよねえ……」

でも、それは不可能なのだ。

わたしの落胆を見て取ったか、五味淵がうながす。

「何があったのか話してみろよ。中途半端に質問されたんじゃ、こっちも気持ちが悪い」

それで結局、お言葉に甘えることにした。成宮から聞いた話を細大漏らさず伝えたものの、彼が元カレということだけは伏せた。サークルの先輩と称したが、むろん嘘ではない。

「……この件と関係あるのかはわかりませんが、ノルカソルカの福岡ツーデイズのセットリストをもらってきました。セットリストは普通、星川さんが組んでいるそうです」

最後に安田とのやりとりに軽く触れ、話を終える。わたしがそのセットリストを取り出そうとしたところで、五味淵は妙なことを言い出した。

「問題のSNS、オンタマも使ってるのか」

「えっと、自分で投稿はしてませんけど……一応、アカウントは持ってますし、スマホにアプリも入ってます」

「なら、ひとつ頼みがある。ノルカソルカの福岡ツーデイズ、それぞれのライブの感想を記した投稿が見たい。それも、できる限り早い時間に投稿されたものを、な」

感想を読めば、セットリストを変えた理由がわかるとでも言うのだろうか。

不思議に思いながらもわたしは、SNSの検索機能を駆使して両日の感想を探し始めた。《ノルカソルカ》《福岡》《ライブ》《最高》など、思いつく限りのキーワードを検索にかけ、十五分ほどで、誰よりも早くライブの感想を投稿したと見られるアカウントを特定した。

「これが、初日の感想です」

わたしはスマートフォンの画面を五味淵に見せながら言った。アイコンから察するに投稿主は若い女性で、投稿日時はツーデイズ初日の十九時四十一分となっている。内容は次のとおりだ。

〈ノルカソルカ、ヤバかった！　めちゃくちゃ盛り上がった！　福岡まで来てくれてありがとう！〉

……検索したわたしが言うのも何だが、具体性がまるでなく、何の手がかりにもなりそうにない。

続いて二日目、こちらは二十時四分。性別も年齢も不詳のアカウントからの投稿だった。

〈ノルカソルカのライブ終わった。マジでよかった〉

初日の投稿に輪をかけて、内容のない投稿だ。感想と呼べるかすら怪しい。

「あの、こんなので役に立つんでしょうか。もう少し、探しましょうか？」

わたしは申し出たが、五味淵はわたしのスマートフォンを押し返して答えた。

「いや、充分だ。その日、何が起きたのかがだいたいわかった」

「えっ」

愕然とする。こんな投稿から、いったい何を読み取れるというのか。

「結論から言えば、写真の女性は十中八九、ミナミ本人だろう。二人が会った方法も、俺が想像しているもので間違いないはずだ」

「ミナミさんは、どうやって星川さんに会いに行ったっていうんですか」

すると、五味淵は右耳のあたりをトントンと叩いた。

「おたくはどうも、聞こえたはずの音を、聞かなかったことにする悪い癖がある。もういっぺん言うぞ――どんなに小さな音にも、しっかり耳を傾けろ」

6

「全部、多摩子の言ったとおりだったよ」

再び成宮に「おごるから」と呼び出されたのは、冬の足音が聞こえ始めるころのことだった。お洒落《しゃれ》だけど気取らないシンプルな内装の、下北沢のビルの六階にあるビストロである。成宮らしくないセレクトだ。

「多摩子から電話で教えてもらったこと、ミナミに正面から突きつけたら、彼女、認めたよ。もう言い逃れはできないと思ったみたいだった」

「じゃあ……星川さんは本当に、ミナミさんに会うためだけに、わざわざ福岡・東京間を往復したんですね」

真相は実に単純明快だった。星川は福岡でのツーデイズ初日、ライブを終えると急いで福岡空港へ向かい、飛行機で羽田まで飛んだ。それからレジェンドでのライブを見終えたミナミと合流し、一緒にホテルへ行ったのだ。

五味淵が「聞こえたはずの音」と表現したのも、むべなるかなである。ミナミが会いに行けなかったのなら、星川が会いに来たとしか考えられなかったのだ。わたしたちはもっと早くこの真相に行き着いてもよかったはずなのに、さまざまな先入観がそれを妨げていた。

「まさか人気者の星川のほうから、無名のモデルに会いにくるなんて思わないもんなあ」

スパークリングワインを飲みながらぼやく成宮に、わたしも同調する。

「しかも、次の日にはまた福岡でライブしなきゃいけないわけですからね。そりゃあ翌朝の飛行機に乗れば、ライブには余裕で間に合ったでしょうけど」

「星川はSNSに、『福岡の夜を満喫』と投稿していた」

「嘘だったんでしょうね。女性に会いにライブの合間を縫って東京まで行くような、必死な男だと思われたくなかったんじゃないですか。非公開アカウントの閲覧を許可している相手にすら、ね」

「とんでもない野郎だよ。ライブが終わったあとだって、やらなきゃいけないことがいろいろあっただろうに、そういうの全部すっ飛ばして東京へ向かったんだからな」

五味淵がライブの感想の投稿をわたしに探させたのは、内容ではなく投稿日時を知るためだった。要するに、彼は二日間のライブが終演した時刻を調べていたのだ。星川が誤って投稿した写真がすぐさま広まったことからもわかるとおり、ＳＮＳにはノルカソルカのファンが多数いるので、ライブが終わった直後には誰かしらが感想を投稿したはずだと踏んだらしい。

わたしが見つけた投稿によれば、ツーデイズの終演時刻には二十分強のずれがあり、初日のほうが早かった。五味淵は、これこそがセットリストを変更した最大の理由だと考えた。星川は、初日に時間の短い曲を多く演奏することで、ライブを早めに切り上げたのだ。

ツーデイズ初日の福岡発羽田行きの最終便は、二十一時二十分発だった。十八時開演のライブを終えたあとで福岡市内のライブハウスから福岡空港に向かうことを考えたら、時間の余裕はあまりなく、終演が早いに越したことはない。星川がセットリストを操作することで捻出した二十分間は、最終便に間に合うために重要な意味を持っていた。

セットリストを最初に見比べたときにわたしが、初日に短めの曲が次々繰り出されていると感じたことは、まさに星川の狙いそのものだった。初日のほうがMCの回数が少ないことも、星川がライブを短くしようとしていた根拠になるだろう。

これらの説明を五味淵から受けたわたしは、彼の考えが正しいことをほぼ確信しつつも、慎重に根拠を求めた。

「確かにこれで、問題の写真の撮影は可能となりました。でも、五味淵さんはまだ、写真の女性がミナミさんでない可能性を否定しきれてませんよね」

すると、五味淵は冷笑を浮かべた。

「違う女性と信じたいのなら、そうすればいい。少なくとも、俺にはその反証を挙げることなどできん。ま、俺にはおたくの先輩とやらが、自分の恋人の潔白を信じきれるとはとうてい思えないがな」

わたしは沈黙した。信じきれないから、成宮はわたしに相談を持ちかけてきたのだ。

――豪勢なシャルキュトリーの盛り合わせはどれもいちいち美味で、ワインの質も高く、夜景も素敵なこのお店をわたしは気に入り始めていた。学生時代はバカのひとつ覚えみたいに安居酒屋ばかり行きたがった成宮も、いまではこんないい店をいくつも使い分けながら、女性を口説くのだろう。

落ち込んでいるところに追い打ちをかけるようで意地が悪いけれど、嫌味のひとつも言ってやりたくなった。

「それにしても、とんでもない女に引っかかったものですね」

成宮はうつむいたまま、ぼそぼそとつぶやく。

「だけど彼女、浮気を問い詰められたあとでも、オレのことが本気で好きだって言ってた」

唖然《あぜん》とした。「この期に及んで、そんな言葉を真に受けるんですか」

「元々は、彼女がノルカソルカのファンで、伝手《つて》を作って星川に近づいたらしい。それから一年ほど、関係が続いてたんだって。だけど――」

成宮と付き合い始めてから、ミナミは星川との関係をきっぱり断とうとしていたのだという。

「星川とのメッセージのやりとりを見せてもらった。彼女、本当に『もう会えない』って連絡してたんだ。でも、星川がそれを受け入れなかった。だからあいつ、ツーデイズのあいだの晩に東京に戻るなんていう、仰々しい真似をしたんだよ」

考えてみれば、星川は普段、東京で活動しているわけだから、何も福岡でのツーデイズのあいだの晩などというせわしないときに、ミナミに会いにいく必要はなかったのである。五味淵は方法を明らかにしただけで、動機には言及しなかったが、そういうことだったのか。

「メンバーやスタッフの制止を振り切って、ミナミに会うためだけに東京へ戻ってきた。そう、星川は言ったそうだ。彼女はその言葉を聞いて、どうしても星川を袖にすることができなかった」

「だからって、一緒にホテルへ行くなんて……」

「優しいんだよ、彼女は」

そういう心のありようを、わたしは優しさだなんて呼びたくなかった。星川以上にバカな成宮を、しっかりしろと叱りつけてやりたかった。この人は、いつまで経ってもクソバンドマンのままだ。まったく先が思いやられる——。

「それで、彼女とはどうなったんですか」

てっきり許したのだろうと思っていた。ところが成宮は、苦しそうにしながらもはっきり告げた。

「別れたよ」

「そうなの？」わたしは目をしばたたく。

「好きだったけど、浮気されたんだから仕方ない。それに、相手があの星川じゃ敵《かな》いっこない。このまま付き合ってたって、みじめになるだけだ。……彼女、泣いて謝ってたけどな。どうしても、許す気になれなかった」

わたしは一瞬、こうなることこそが星川の望みだったのではないか、と勘繰った。成宮とミナミの仲を引き裂くために、SNSに写真を投稿するという捨て身の策に打って出たのではないか、と。

けれどもすぐにその考えは捨てた。引き換えに星川が失うものが、あまりにも大きすぎる。関係を持った女性を、非公開とはいえSNSで自慢するような人間が、それほどの自己犠牲を覚悟してまでひとりの女性に執着するとは、わたしにはどうしても思えなかった。

成宮に同情する気持ちはあった。でも、だからこそ、わたしは言ってやらねばならなかった。

「昔のわたしがどんな気持ちだったか、これで少しはわかったでしょう」

成宮ははっとして、背を丸めた。袖のボタンを外したシャツからのぞく手首を見て、この人はこんなに痩せていただろうか、と思った。

「……ごめん」

付き合っていた当時、百万回くらい聞いた言葉だ。でも、わたしはたったいま、出会ってからいままでのうちで初めて、成宮にちゃんと謝ってもらえたような気がした。

テーブルにあったボトルワインは、わたしがいましがた最後の一杯を飲み干してしまった。そろそろ解散かな、と思ったところでいきなり、成宮が背筋をぴんと伸ばした。その顔に、固い決意がみなぎっていた。

「多摩子。オレたち、やり直さないか」

固まったのも無理はない。いつか電車の中で思い描いた空想が、いままさに現実となっているのだから。

「今回の件で、本当に反省したんだ。自分がかつて浮気をしていたことも、美人のモデルに声かけられていい気になってしまったことも。そして、あらためてじっくり考えた結果、オレには多摩子しかいないと思った。ときに優しく、ときに厳しく、いつでも真剣に愛してくれる、多摩子みたいな女性がそばにいてくれないとオレはダメなんだって」

「隼……」つい、呼び慣れた名前が口を衝いて出る。

「今日からオレ、心を入れ替えるよ。約束する。だから、もう一度オレと付き合ってほしい」

またしても、成宮はテーブルに額をつけた。けれど前回とは、その動作の重みがまるで異なる。彼の口にした約束が守られるかは疑わしいけれど、少なくともこの瞬間、成宮が本気で誓い、希《こいねが》っていることは伝わった。彼は、嘘をつくのはうまくないのだ。
さまざまな思いが、一瞬のうちに胸に去来した。大学に入ったばかりのころ、成
宮に憧れていたこと。恋人になれて本当にうれしかったこと。度重なる浮気に傷つ
きながらも、やっぱり好きで別れられなかったこと。避けようとしつつ、実は再会
を喜んでいたこと。本気で結婚したかった、あのころの気持ちを思い出したこと
――。
成宮が、頭を上げる。そのまっすぐな眼差しに向かって、わたしはにっこり笑い
かけ、返事をした。
「――やーだよ！」
成宮は、あっけに取られている。「……多摩子？」
「あのころのわたしと一緒にしないでくれる？　何てったって、わたしは天下のR
Qの編集者なんだからね。わたしとよりを戻したければ、もっとバンドで成功して
から出直しなさい」
成宮は、あからさまに傷ついた表情を見せた。
「……そうか。残念だよ」
万札を一枚置いて立ち上がり、振り返らずに店を出ていく。わたしは彼を引き止

めなかった。

これでよかったのだ。だらしないのになぜか憎めない、愚かで純粋なあの男のことを、わたしはいまでも心のどこかで好いている。でも、だからと言ってやり直すのは違う。どうせあのクソバンドマンはまた、性懲りもなく別の女に手を出すだろう。そしてわたしは傷ついて、ただでさえどうしようもない思い出が、ますますどうしようもなくなってしまうだろう。せっかく過去を懐かしみ、微笑ましくすら思えるようになった現在のこの気持ちを、繰り返される失敗で上塗りすることはない。

わたしも彼も、いまはとても大事な時期だ。恋愛にうつつを抜かしている場合ではない。だけどもし、わたしの先の言葉を本気にした成宮が、バンドマンとして、あるいは人間として、一回りも二回りも成長したうえで再度復縁を乞うようなことがあったら。そのときはわたしもあらためて、彼との将来を真剣に考えてみようではないか。

もっといい男になれよ――わたしは席を立ち、レジに向かった。

ひとりしかいない店員に会計をしてもらう。お代は一万四千円だった。成宮から受け取った一万円では、全然足りない。

おごるって言ったろ！　そういうところが、いい男には程遠いんだぞ！　わたしはお店を出てからまたもため息をつき、そのあとでちょっとだけ笑った。

7

ところで、この話には少し続きがある。

後日、成宮の一件の報告も兼ねて、わたしはレジェンドを訪れていた。ライブの後始末も一段落して、ゆったりとした時間帯のことである。

「ノルカソルカ、活動休止に追い込まれちゃいましたねえ」

わたしが言うと、五味淵は眠たそうなまなこをこちらに向けた。

「そうみたいだな」

星川サイドの対応が後手に回っているうちに、メディアが彼の醜聞を次々と報じた。それらは総じて犯罪などではなく女性関係のトラブルに終始していたが、世間では星川をバッシングする風潮が過熱した。そのため、現状のまま活動を継続するのは火に油を注ぐようなものだと判断したのだろう、ノルカソルカは短期間であるとしながらも、活動休止を発表したのだった。

「当然の報いですね」

わたしのこの言葉は、深い意味のないものだった。だから、

「本気で、そう思うのか？」

五味淵から冷えきった声が返ってきたときには、思わず硬直した。

「ノルカソルカは、うちのライブハウスから羽ばたいていったバンドのひとつだよ」

「そう……だったんですね」

レジェンドは現在の音楽シーンを牽引《けんいん》する人気バンドをあまた輩出している、とはRQ編集長の大久保の談だ。

「あいつらが売れる前から、星川の素行の悪さはこの界隈《かいわい》ではよく知られていた。だが、それでも彼らの作る音楽がよかったから、そしていいライブをやっていたから、ファンはついていきていたんだ。俺に言わせれば、あんな写真で世間が大騒ぎしているのを見ても、何をいまさら、としか思わない。バカなやつだ、と呆れはしたがな」

「曲がよければ、いいライブをやれば、何をやってもいいんですか」

「そんなことは言ってない」五味淵ににらまれる。「たとえばこれが、相手が十八歳未満だったとか、同意のうえでなかったとか、法に触れるような問題が絡んでいたのなら話は別だ。反省だけでなく更生のためにも、いったん活動休止せざるを得ない場合もあるだろう。——さて、それじゃあ訊くが、星川はいったい何をやらかしたんだ？」

わたしは言葉に詰まった。そうなるのを見越したうえで、五味淵は続ける。

「星川は、既婚者ですらないんだぞ。誰と、いつ、どこでセックスしようが、あいつの勝手だろうが」

「でも、ネットやメディアでは星川にもてあそばれて傷ついたという女性の声が複数、上がっています」

「本当かどうか怪しいもんだな。星川と関われたことで浮かれたあげく、世間が叩き始めたから乗っかったようなやつもいるだろう」

「その発言はひどすぎます。本当かもしれないじゃないですか」

わたしが咎《とが》めると、さすがに五味淵もいくらかトーンダウンしたが、主張を変えはしなかった。

「本当なら、同情もしよう。だが、だとしてもそれは当事者どうしの問題だろう。それをどうして、外野にごちゃごちゃ口を出す権利がある？　おたくは自分が捨てた男のことで、第三者からボロクソに批判されても、甘んじて受け入れるのか？」

わたしは成宮のファンから、彼を先日振ったことを責められる場面を想像した。浮かんでくる感想はひとつしかない——関係ないだろ！

「でも、ファンが星川さんに幻滅するのは自由ですよね。実際、今回の件で星川さんは多くのファンを失いました」

「もちろん、それは星川の素行に対する報いだ。だが、それで落ち目になる程度のバンドなら、活動休止なんかするまでもなく淘汰《とうた》されてるよ。断言してもいいが、ノルカソルカはこんなことじゃ消えない」

そうかもしれない。けれど、わたしはまだ釈然としない。

「醜聞を流してファンを幻滅させるなんて、プロ意識が欠如しているとは思いませんか」

「おたくみたいな、音楽のプロでもなければプロと関わった経験もまだ浅い人間が、プロ意識について語るとはとんだお笑い種《ぐさ》だがな。そこまで言うなら、この前は話さなかったことを教えてやろう」

「話さなかったこと？」

五味淵はタバコに火をつけ、宙に向けて煙を吐いてから語り出した。

「星川はライブの時間を短縮するために、セットリストを二つ用意した。しかし、半分も曲を替えれば、間違いなくメンバーにとっての負担は増えたはずだ。むろん、星川自身も含めてな」

「それはそうでしょうね」

「では、星川はなぜ、単純に曲数を減らさなかったんだ？」

あ、と思った。二日目のセットリストから何曲か間引くだけで、時間の短縮は容易に実現可能だったのだ。それならメンバーの負担も増えない。

「あるいは、こう考えてもいい。ツーデイズの初日のライブは、投稿された感想によれば《めちゃくちゃ盛り上がった》んだったな」

――ノルカソルカ、ヤバかった！　めちゃくちゃ盛り上がった！　福岡まで来てくれてありがとう！

「初日のセットリストでじゅうぶん盛り上がったのなら、どうして半分も曲を替える必要があった？　初日を短くしたからって、反対に二日目を長くしなきゃならないというルールなんかないのに」

五味淵の言うとおりだ。初日が盛り上がらなかったのならともかく、ツーデイズでまったく同じセットリストを演奏することに対して、不満を持つ観客など普通はいやしない。

「星川さんは、どうしてセットリストを変えたんでしょう」

五味淵の答えは、端的だった。

「プロだからだよ」

プロ意識が欠如していると評したわたしに、彼は真っ向から対立したのだ。

「ライブ全体の時間が変動するくらいはいいだろう。ライブの時間なんて元々、一分一秒まで正確に決まってるもんじゃないし、一度として同じステージはないのがライブのよさでもあるんだからな。だが、曲の数を減らすとなると話は変わってくる。星川はステージに立つプロとして、初日の客も、二日目の客も、平等に同じ数の曲を楽しんでほしかった。あいつはそういうやつなんだよ」

「じゃあ、星川さんがMCで、二日続けて来てくれるお客さんのためと言ったのは……」

「もしかするとおたくは俺の話を聞いて、星川のその説明を、初日のライブを短くするためだけの言い訳とでも解釈していたんじゃないか。だとしたら、それは間違いだ。あいつは根っからのエンターテイナーとして、あるいはおたくの言うところのプロ意識にしたがって、初日と二日目に別々のセットリストを用意して臨んだのさ。メンバーやスタッフの負担が増えることを承知のうえで、な」

返す言葉がなかった。

わたしは別に、ツーデイズの初日と二日目でセットリストを変えるアーティストのほうがプロ意識が高い、などとは思わない。完成されたセットリストを組んで、同じ内容のライブを重ねるアーティストだっているだろうし、それもまたかっこいいと思うからだ。ただ、星川レオンは、福岡の人にできる限りたくさんの曲を聴いてもらうという選択をした。それを、プロ意識と呼ばずして何と呼ぶだろう。

星川はプロ意識が欠如している、などと軽率に断じたことをわたしは恥じた。それでも五味淵の訴えは止まらない。

「初めのうちは、ファンが星川を叩いたかもしれない。ファンに叩かれても仕方のないことをあいつはやらかした、とは思う。だが、いまのこの状況は何だ？　ノルカソルカの音楽なんてろくに聴いたこともなかったような連中が、どういった大義名分のもとにあいつを袋叩きにしている？　やつらがやっていることは何だ。ファンからノルカソルカの音楽を取り上げて、いい気になってるだけじゃないか。——俺はワイドショーで見かけたぞ。音楽関係者でも何でもないただのコメンテーターが、ノルカソルカなんて知らなかったとみずから認めるようなやつが、あいつらの音楽を《どこがいいのかさっぱりわからない》と嘲笑するさまを。若者を中心に、これだけの支持を集めているバンドの音楽性を、ただ不祥事を起こしたってだけでけなし、あいつらのファンまでも愚弄したんだ。音楽には、何の罪もないのに」

　五味淵は、怒っていた。自分のライブハウスから世に出たバンドの奏でる音楽を、愛しているがゆえの怒りだった。

「星川にも反省すべき点があるのは確かだ。活動休止すると決めた以上は、しばらく頭を冷やすといいだろう。でも俺は、あいつらの音楽をファンから取り上げた世間やメディアが、どうしても許せないんだ。ま、ノルカソルカはすぐに帰ってくるだろうし、こんなことで人気を失うほどつまらない音楽をやってはいないから、心配はしてないがな」

「……五味淵さん」

わたしは五味淵に向き直る。油断すると震えそうになる声を、精一杯送り出した。

「プロ意識が足りなかったのは、わたしのほうでした。ミュージシャン、ライブハウス、音楽雑誌。わたしたちみんな、共闘関係なのですよね。何があっても、とまでは言えないけれど、たとえ多くの人がそっぽを向いたとしても、最後までお互い味方でいるべき存在なのですよね」

五味淵は肯定も否定もしなかった。ただその表情が、少し和らいだのがわかった。

「目が醒《さ》めました。わたし、これからもノルカソルカを応援します」

「そんな風に、構えなくてもいいけどな」五味淵は苦笑する。「世間の風潮に押し流され、当然の報いと切って捨てる前に、自分の頭で考えたほうがいいんじゃないかと思っただけだから。それに、バンドマンの肩身がせまくなるのも嫌だしな」

バンドマン、か。目の前にいるこの人も一応、バンドマンなのである。

星川といい成宮といい、今回の件でわたしが関わったバンドマンがろくでもなかったことは否めない。気がつくと、わたしはこんな質問をしていた。

「五味淵さんも、女の人とあんなことやこんなこと、してるんですか」

「図に乗るなよ、オンタマ」

五味淵はタバコの煙を吐きかけてきた。

「ちょっと訊いてみただけですよ。いいじゃないですか、そんなに怒らなくたって」

わたしは肩をすくめたけれど、五味淵はまだ何ごとかをぶつぶつつぶやいている。その内容が気になって、耳をそばだててみた。

「……なぜか、帰られちまうんだよな」

「はい？」

思わず聞きただすと、五味淵は浮かない顔で続ける。

「初めのうちは、けっこういい感じの仲になるんだよ。で、ここぞというときにこのライブハウスへ連れてきて、彼女のためだけにライブをやるわけだ。もちろん、オリジナルのラブソングを歌うんだよ。それで落ちない女はいない、と思うんだが……なぜか、みんな聴き終えたあとで、急に具合が悪くなるんだ。それで、いつも帰られちまう」

オリジナルのラブソングってまさか、五味淵が率いるあのクソダサバンド、レジエンズの楽曲を——？

「な、何でそうなっちゃうんですかねえ。不思議ですね。アハハ」

乾いた笑いでその場をしのぐ。自分こそ女性たちの悲鳴にちょっとは耳を傾けなさいよ、とは口が裂けても言えなかった。

track 3 ザ・グレート・ベース・エスケープ

1

入社後間もなく、活《い》きのいいインディーズバンドを紹介するコラムの連載を任されたわたしだったが、むろん仕事はそれだけではない。

年の瀬も迫る十二月、渋谷にある音楽雑誌ロック《R》・クエスチョン《Q》編集部でデスクワークをしていたわたしは、編集長の大久保祥一に呼びつけられた。《ちょいちょい》と、まるで猫にちょっかいを出すような仕草で。

「何でしょうか」

「音無、『モノクロニシティ』のインタビュー取ってきてくれ」

仕事はいつもこんな感じで、唐突に言い渡される。わたしは数度まばたきをした。

モノクロニシティ、通称モノクロ。ギターボーカル、ベース、ドラムという編成のスリーピースバンドで、変拍子やギターの高速アルペジオなどを多用した繊細緻密な音楽を奏で、マスロックというジャンルに分類される。インディーズレーベルから発売した二枚のアルバムはどちらも一万枚を超えるヒットを記録、押しも押されもせぬ人気バンドとなり、来年にはメジャー移籍が決まっているそうだ。年末に開催される、RQ誌主催のライブフェスにも出演が決定しているので、その関連でインタビュー記事を載せるのであろう。

「モノクロって確か、高部《たかべ》さんの担当でしたよね」

RQ誌では原則、アーティストごとに担当の編集者がつく。モノクロニシティは、高部という先輩の女子社員が担当しているはずだった。

「そうだ。つまり、産休の代打で音無に白羽の矢が立ったってことよ。高部が直々に、音無を指名したもんでな」

高部は昨年結婚し、今年の春ごろには妊娠が発覚、つい先日産休に入ったばかりだ。二十代の後半で絵に描いたような幸せをつかんでいく彼女のことを、わたしは年ごろの女子としてうらやまないでもなかったが、高部は高部なりに仕事を休むことを気にしていたようだ。同僚に負担をかけるから、ではない。せっかく手に入れた仕事を人に譲りたくないのだそうで、なるべく早く復帰したい、とことあるごとに息巻いていた。

その高部のご指名とくれば、それなりに重みがある。もちろん、まだ新人のわたしに仕事を選り好みする権利なんてない。大久保は回転椅子の上で腕組みをして言った。

「モノクロはまだメジャーデビュー前だし、気を遣わなきゃならん要素も少ない。インディーズバンドの連載やってるおまえなら、やりやすい部類だろう」

「そうですね。いい記事にします」

モノクロのメンバーの連絡先など細々したやりとりのあとで、わたしは自分のデスクに戻ろうとする。と、大久保に呼び止められた。

「音無！」

振り返る。編集長は、にやにやと意味ありげな笑みを浮かべていた。

――嫌な予感。

「産休の穴埋めしてくれて、サンキュー！　師走《しわす》で忙しいと思うけど、よろしくお願いしわす」

大久保は、世間では音楽ファンに知らぬ者はない名物編集長、しかしその正体はただのダジャレ好きなおじさんなのだ。

「忙しいってわかってるなら、そんなことでいちいち呼び止めないでください」

わたしは言い捨ててデスクに戻る。大久保が近くにいた女性社員に「あいつ、一年目のくせに冷たくないか」と愚痴って受け流されているのが聞こえた。

2

モノクロニシティのメンバーに連絡を取り、取材は下北沢の北側にあるリハーサルスタジオ『サウンドノヴァ』のロビーでおこなわれることになった。

楽器などの機材の撮影を、大久保から言い渡されていたからだ。モノクロはメンバー全員が東京出身で、かねてから根城にしていたそのスタジオを、いまでも利用しているらしい。幸いロビーには充分な広さがあり、机や椅子も置かれているそうで、サウンドノヴァのスタッフからも許可を得ることができた。

取材当日。約束の午後三時より五分ほど早くサウンドノヴァに入ってみると、三階のロビーにはすでにモノクロニシティのメンバーがそろっていた。丸テーブルを囲む椅子に座って談笑していた彼らの額には、うっすら汗が浮かんでいる。

「ロック・クエスチョンの音無多摩子です。本日はよろしくお願いします」

わたしがお辞儀すると、三人はそれぞれに挨拶を返した。

「遅くなってしまってすみませんでした」

言いながら、自分も椅子に座る。メンバーのひとりが、いえいえと手を振った。

「ぼくら、いままで練習してたんですよ」

だから、この季節なのに汗をかいていたのだ。

「毎週水曜日に、こうして部屋を五、六時間押さえておいて、途中で休憩やミーティングをはさんだりしながら練習しています。ここの店長の横井《よこい》さんは昔からのなじみで、ぼくらがそうやってだらだら居座るのを許してくれるんで」

説明してくれたのは、ギターボーカルの飯尾聡志《いいおさとし》だ。やや面長で短めの茶髪、黒い襟つきのシャツに包まれた体からは神経質そうな雰囲気が漂っている。モノクロの曲は、主に彼が書いているそうだ。

「そうでしたか。担当が替わって最初の取材でお待たせしてしまうなんてことになったら、高部に怒られるところでした」

「予定の時間には間に合ってるんだから、気にしませんよ。ていうか、高部さんこそ遅れてきたことあったよなあ?」

ベースの柳瀬祐一《やなせゆういち》が言い、ほかのメンバーが笑う。柳瀬は縦にも横にも大きい、体格のいい男性だが、ベビーフェイスのせいか気さくな感じを受ける。

そんな柳瀬の隣で口の端を持ち上げているのが、ドラムの塩谷昇《しおやのぼる》である。目が隠れるくらい前髪を伸ばしていて、どこかとっつきづらい印象なのだが、よく見るとなかなかの男前だ。

初めて会う相手であるだけでなく、すでに売れているバンドということもあって緊張していたが、温かい空気で安堵《あんど》した。わたしはボイスレコーダーをテーブルに置き、取材を始めた。

リリースしたアルバムへの反響、年末のフェスに対する意気込み――もっともこれは、本誌が発売になるころには終わっているライブだけれど――、最近身の回りに置きた変化や印象深い出来事など、包括的な記事にすべくさまざまなことを訊いていく。メンバーは三人とも二十代前半で、わたしと歳が近かったので、友達や先輩とおしゃべりをしているような感覚で話を聞くことができた。

それでもメジャー移籍の話題に及ぶと、ぴりりと引き締まったムードが漂った。

「気持ちを盛り上げていかなきゃいけない時期ですからね。いままで以上に、細部にまでこだわって曲作りをしています。これまでライブで何回も演奏してきた曲でも、アレンジを一から見直したり」

飯尾が頬を紅潮させて言う。

「昔の僕らには技術的に難しかったことでも、いまならできるようになってきてるから」

そう語る塩谷は誇らしげだ。

彼らの話に耳を傾けながら、わたしは一年前の自分を思い出していた。数千倍という倍率を潜《くぐ》り抜け、ロック・クエスチョン編集部から内定をもらったわたしは、音楽雑誌の編集者としてどんな仕事がしたいか、気づけば友達に熱っぽく語っていた。飯尾の表現を借りるなら、気持ちが盛り上がっていたわけだ。

働き始めておよそ八ヶ月、まだまだ新人とはいえ仕事の現実を多少なりとも思い知り、いまではあまり大それたことは口にしなくなった。そんなわたしから見て、現在のモノクロニシティはまぶしい。メジャーに行ってもその活動が順調であればいい、と思う。

「いいですね。熱意が伝わってきて、こっちまで興奮します」

わたしの言葉に、飯尾が微笑んだ。

「そりゃあもう、気合い充分ですよ。柳瀬なんて、奮発して新しいベースも買ったし」

「おお、そうなんですね」

「一ヶ月くらい前かな」柳瀬があとを引き取った。「ハイフレットが弾きやすいのがいいな、と思って買いました。モノクロの曲ではよく使うので。それに、サステインが長いのもいいですね」

ハイフレットはその名のとおり、高い音を出す際に弦を押さえる、ボディに近い側のフレットのことである。サステインは、弦を弾いたときにその音が続く長さを意味する。

「下世話な質問で恐縮ですが、おいくらぐらいしたんですか」

この質問にも、柳瀬は嫌な顔ひとつせず答えてくれた。

「だいたい六十万円です」

ものが楽器だから、高価なのを探せばキリがない。六十万円という金額も、プロならば驚くほどのものではないのだろう。だけど、それでもしがない会社員一年目のわたしの金銭感覚では、反射的に《高っ！》と思ってしまう。いまの給料なら、二ヶ月分は吹っ飛ぶ額だ。

「やっぱり、商売道具にはお金をかけるべきですよね」

「まあね。でも、おかげでしばらくは貧乏生活ですよ」

柳瀬は苦笑を浮かべたが、飯尾が茶化すような目つきをした。

「そう言いながら、柳瀬は車も持ってるんだからいいよな。スタジオへも、いつも車で来ているし。ぼくはギターとエフェクターボードを持って電車に乗らなきゃいけないから、うらやましいよ」

塩谷もしきりにうなずいている。

聞くと、メンバーの中で柳瀬だけが会社に勤めており、経済的には多少の余裕があるのだという。ほかの二人は、バンド活動と並行してアルバイトをやっているらしかった。

「だから、ライブのときは車で機材運んでやってるだろ。会社員だって大変なんだってこと、忘れるなよな」

柳瀬が呆れてみせると、飯尾は肩をすくめた。

「はいはい、感謝してますよ」

ギスギスしている感じではない。飯尾の態度を見て、柳瀬は笑っていた。

メンバーの仲はいいようだ。以前には、取材したバンドが結果的に不仲で解散してしまったこともあったので、わたしはモノクロの三人がうまくやっているらしいことにほっとした。

メンバーの笑顔を見ていたら、写真を撮らなければいけないことを思い出した。会話を続けながら、できる限り自然な様子をカメラに収めていく。メンバーひとりひとりの写真や、全員が収まった写真などを次々に撮影していたら、折しも奥の通路から出てきた女性が背景に写り込んでしまった。

アコースティックギターのハードケースを片手に提げた、若く小柄な女の子だ。背中には、ちょうど大学生が通学に用いるような、テキストやノートが収まるくらいのサイズのリュックサックを背負っている。

「お疲れさまでーす」

モノクロのメンバーが女の子に声をかけ、女の子はちょこんと頭を下げた。そのまま階段を下り、下の階に消えていく。

「お知り合いですか？」

訊ねると、彼らはそろって首を横に振った。柳瀬が口を開く。

「いえ。でも、このくらいの挨拶はいつもしますよ」

程なく、一階にいた男性スタッフが上がってきて奥の通路のほうへと向かった。女の子が使っていた部屋の片づけをしにきた模様だ。腕時計を見ると、三時五十分を指していた。スタジオは一時間ごとのレンタルなので、女の子は四時までの利用だったのだろう。

サウンドノヴァの三階は、丸テーブルの並んだロビーから伸びる通路の奥に、二つのスタジオが向かい合っている形だ。ロビーにいると、角度的にそれらのドアは見えない。ちなみにこの建物にエレベーターはなく、すべて階段で行き来しなくてはならない。

何となくスタジオのほうに注意が向いたところで、わたしは言った。

「では、そろそろ機材の撮影に移らせてもらってもいいですか。お話は一時間、たっぷり聞かせていただくことができましたので」

「ええ、どうぞ。機材はセッティングしたままになってますので」

　四人で席を立ち、通路に足を踏み入れる。正面に見えるドアは、屋外の非常階段につながっているようだ。向かって左側にＣスタジオという名前の部屋が、右側にＤスタジオがあり、ドアにはガラスがはまっていて室内がのぞけるようになっていた。モノクロニシティが使っていたのはＣスタジオとのことで、Ｄスタジオには先ほどの男性スタッフの姿が見えた。

　防音のため重たいドアを開け、Ｃスタジオに入る。すると、柳瀬がおかしな声を上げた。

「あれ？」

「どうしたんだよ」

　塩谷が反応する。しかし柳瀬の説明をまつまでもなく、異変は明らかだった。

「俺のベース……どこに行ったんだ？」

　背の高いベースアンプのそばに置いてあるギタースタンドには、何も載っていなかった。新調したばかりだという柳瀬のベースは、Ｃスタジオから消え失《う》せてしまっていたのだ。

3

サウンドノヴァの一階、受付カウンターにて。モノクロニシティのメンバーが、店長の横井に詰め寄っていた。

「Cスタジオに置いてたベースが盗まれたんですよ。誰か、怪しい人物が入ってきたりしませんでしたか」

柳瀬の質問に、横井は困惑している。

「見てないな……というか、おまえらロビーにいたんだろう。誰かがCスタジオに入ったのなら、気づいたはずじゃないか」

横井は頭に緑のバンダナを巻いた四十代くらいの男性で、先ほどDスタジオを片づけていたのも彼だった。飯尾がなじみだと話していたとおり、モノクロのメンバーに対する言葉遣いは砕けている。

「おまえらこそ、誰か見なかったのか」

「見てません。あの通路を通ってCスタジオに向かった人は、横井さんを除いてひとりもいませんでした」

柳瀬が答える。サウンドノヴァに、監視カメラの類はないようだ。

そのとき飯尾が、ふと思い出したように言った。

「通路の行き止まりにあるドアの鍵、確か壊れてましたよね」

屋外の非常階段へと抜けられるドアのことである。飯尾によれば、ひと月ほど前に鍵が壊れ、ドアの形状が特殊だったことから修理できないままになっていたらしい。あのドアが外から開けられたのだとすれば、ロビーにいたわたしやモノクロのメンバーの目に留まることなく、Cスタジオからベースを盗み出すことは可能だ。

音楽機材はおしなべて高価で、ただでさえ盗難がしばしば発生するものなのに、外部からの侵入を許す状態を放置しておくなんて不用心すぎる、と思う。もっとも、横井もさすがに何の対応もしていないわけではなかったようで、

「あれな。つい二日前、直してもらったんだよ」

「えっ。そうだったんですか」

「ようやく修理に必要な部品がそろったって連絡があってな。あのドアには、一度開けたら元には戻せないタイプの鍵をつけてもらった。誰かがあそこを通ったら、ひと目でわかる仕組みだ。さっきDスタジオを片づけたとき、ドアのロックも見た覚えがあるが、開錠された様子はなかったよ」

つまり、外部からの侵入は不可能だったということになるが——。

「それなら犯人、かなり絞られてくると思うんですけど」

わたしはつい、口をはさんだ。絞られてくる、という表現ですら婉曲《えんきょく》だ。実際にはひとりしか心当たりがない。

柳瀬が、右のこぶしを左手で受け止めた。

「Dスタジオで練習してたあの子だ。彼女以外、Cスタジオに入れた人はひとりもいなかった」

アコースティックギターのハードケースを持った、若い女の子のことだ。彼女なら、モノクロのメンバーがロビーにいるあいだに、Cスタジオにこっそり忍び込めた。ロビーからでは、その模様は死角となって見えない。

「取材のためにCスタジオを出るときに見たな。あの女の子が、黒いアコギで弾き語っている後ろ姿を」

塩谷が証言する。ドアにはまったガラス越しに、Dスタジオの室内をのぞき見たのだろう。

「彼女も彼女で、僕らが出ていくのを確認してたってわけか……そして、空になったのを見計らってCスタジオからベースを盗み出した」

「横井さん。あの女の子、呼び戻せますか」

柳瀬が言い募る。横井は受付カウンターの引き出しから台帳を取り出し、ページをめくり始めた。サウンドノヴァは会員制で、利用者の名前と連絡先を控えてあるらしい。

「えっと……あった、名前は菅本《すがもと》ハルナ。電話番号もわかるから、かけてみるか」

「菅本ハルナ？」

聞き返した塩谷に、飯尾が訊ねた。

「知っているのか」

「この界隈で、たまにライブに出てる子だよ。僕らとはジャンルが違うから共演はないけど、ほかのライブでソロで歌ってるのを見かけたことがある。顔まではよく憶えてなかったから、さっきは気づけなかったけど」

横井は早くもカウンターの固定電話の受話器を取り、菅本に電話をかけていた。相手が出るとすぐ、サウンドノヴァに戻ってくるよう言いつける。

「ちょっと面倒なことが起きましてね。戻ってきてもらえないのであれば、そちお宅に警察が行くことになるかもしれません」

ずいぶんな脅し文句だが、ことが盗難だから嘘でもない。どのみち彼女は有力な容疑者として、警察から話を聞かれるだろう。

横井が受話器を置いた。モノクロのメンバーに向き直る。

「家が近いらしく、もうすぐ帰り着くところだった。楽器を置いたら戻ってくるそうだ」

菅本を呼び戻すことには成功したものの、

「それじゃ結局、盗んだベースは持たずに戻ってくることになるのか……」

柳瀬はその点が不満のようだった。しかし、盗品を持ったままでのこのこ戻ってくる間抜けな泥棒もいないだろうから、仕方あるまい。

菅本を待つだけとなり、間延びしたような空気が流れる。

「彼女、見たところ大学生くらいの年齢だったから、たぶん金もあんまりないんだろう。ただでさえ音楽やってると金かかるし、ベースを売って儲《もう》けようと思ってもおかしくないよな」

「六十万もするベースだからなあ。しかし、それで本当に盗み出してしまうなんて、見かけによらず大胆なことをするよ……」

モノクロのメンバーの雑談を聞いていたわたしは、ある違和感に気がついた。

「あの、彼女にベースを持ち出すことが、果たして可能だったでしょうか」

狐《きつね》につままれたような顔をする柳瀬に、わたしは先ほど撮影に使ったカメラを取り出して写真を見せた。そこに、たまたま写り込んだ菅本の姿があった。

「菅本さんの荷物、見てください」

柳瀬が、そしてほかのメンバーもカメラの画面をのぞき込む。菅本は右手にアコースティックギターのハードケースを、ボディの側が少し下がった状態で持ち、背中にはごく一般的なサイズのリュックサックを背負っている。荷物はそれですべてだった。

「おわかりでしょう。彼女の荷物には、ベースを入れるスペースなんてどこにもないんですよ」

飯尾がうなる。

「確かに……ハードケースってのは通常、楽器がぴったり収まるように作られてますからね。ヘッドからボディまでの長さを考えると、エレキベースが中に入るとは思えない。ソフトケースならまだしも、ね」

ギターのソフトケースの場合、ファスナーを少しだけ開けておいてそこからヘッドをはみ出させることで、強引ではあるがベースを収納できる場合もある。だが、ハードケースにその余地はない。

リュックサックは検討するまでもない。ボディくらいは収まるかもしれないが、ネックがにょきっとはみ出すことは避けられない。そんなのをわたしたちが見逃すはずはないし、写真もそうはなっていなかったことを証明している。

「柳瀬さんのベースって、分解はできないんですか」

この問いに、柳瀬は複雑そうな顔をした。

「だとしたら、話は簡単だったんですけどね」

いわく、ボルトオンネックと呼ばれる構造のエレキベースなら、ネックをボディに固定しているボルトを外せば、ボディとネックに分解できる。したがって、ばらした状態でアコースティックギターのハードケースなどに収めることも可能だった。

だが――。

「俺のベースはスルーネックなんで、分解はできません」

「スルーネック？」

「ヘッドからボディのエンドまで一本のネックが伸ばされていて、その左右にウィング材を貼り合わせてボディとしている構造のことです。一本の木材から切り出されたネックがそのままベースの全長にあたるので、当然ながら分解によって短くすることはできないんですよ」

ハイフレットが弾きやすいことやサステインが長いことは、スルーネックの特長なのだそう。ボルトオンネックに比べると、ややめずらしい構造のようだ。実際、元ベーシストのわたしでも、スルーネックのベースなるものを知らなかった。

「分解できないのなら、あの荷物に収めるのは無理ですよね……」

わたしがつぶやくと、塩谷がひっくり返すようなことを言った。

「ていうか、仮に分解できたとしても、やっぱりあの荷物の中には入らなかったと思いますよ」

「どうしてですか？」

「さっきも言ったけど、彼女がアコギの弾き語りをしてるとこ、見ましたから」

ガラス越しに見た菅本は後ろ姿だったという。それでも、体からはみ出す黒いギターのボディらしきものを見た。

「ギターの音や歌声も、ほんの少し洩れて聞こえてたな」

飯尾が塩谷の証言を補強する。

「ハードケースにアコギを収めたら、それだけでケースには隙間がなくなるでしょう。そのほかにベースのボディやネックを収めるスペースがあったとは思えません。もちろん背中のリュックサックにも、長いネックを収めてしまうことはできなかったでしょうね」

というわけで、結論は動かしがたいものとなった。わたしはあらためて柳瀬に告げる。

「菅本さんには、ベースを持ち出せませんでした」

「だけど、ほかにCスタジオに入れた人間なんて……」

柳瀬の言葉を、飯尾がさえぎった。

「いや。もうひとりいるぞ」

その視線は、横井へと注がれていた。

「横井さんになら、柳瀬のベースを持ち出すチャンスはあった」

これに黙っていられないのが、当の横井だ。彼は長めの髪を振り乱して怒った。

「おまえ、おれを疑おうっていうのか。これまで散々、おまえらによくしてやってきたのに」

しかし、飯尾もひるまない。

「可能性の話をしてるんですよ。菅本さんが帰ったあとでDスタジオを片づけに来た横井さんになら、Cスタジオに入ってベースを持ち出すこともできた。現状、あの通路を通ったのは菅本さんと横井さんだけです」

「待てよ。おれがベースを運ぶところを、おまえらは見てないだろ。ほかの階に持ち出したのなら、ロビーにいたおまえらに見つからないわけがないだろうが」

「いったんDスタジオにベースを移しておいて、あとから回収すればいいと考えたんじゃないですか」

するとと、横井はカウンターから出てきた。

「そこまで言うのなら、Dスタジオの中を確かめてもらおうじゃねえか」

その一言で、モノクロのメンバー三人、横井、それにわたしを含めた全員でDスタジオへ行ってみることになった。Dスタジオの次の予約は、しばらく入っていないらしい。

かつてわたしもバンドをやっていたからわかるが、Dスタジオは一見して、よくあるリハーサルスタジオの一室、という印象だった。

立方体に近い空間の、奥の隅にはドラムセットがましまし、ドアのある手前側の壁は鏡張りになっている。ドラムに向かって左手にわたしの身長ほども高さのあるベースアンプが、右手には異なるメーカーのギターアンプが二台、置かれている。入り口の脇には金属製のラックが据えられ、一番上にマイクなどを接続して音をスピーカーに送るミキサーという機材、その下の段にはCDの再生や録音ができるCDデッキも備えてある。頭上を見ると部屋を見下ろす位置にスピーカーが二ヶ所、そして入り口のドアの上には壁かけ時計と、スタジオ利用終了時刻が近づくと点滅して知らせるライト。ひととおり描写するとこんな感じだ。窓などはなく、出入りはドアからしか不可能である。

個人練習に使われていただけあって、Dスタジオはそれほど広くない。ましてベースを隠せるような場所はほとんどないから、モノクロのメンバーはものの数分でベースの捜索をあきらめてしまった。

「ほら見ろ。ベースなんて出てきやしないだろうが」

横井は半ばあざけり、半ば呆れている。

「さっき、横井さんはこの部屋を片づけてましたよね。そのとき何か気づいた点は？」

わたしが訊ねると、横井は首をかしげた。

「特には……そもそもアコギの個人練習なんて、機材も大して使わないしな。彼女、マイクぐらいしか使ってなかったんじゃないか」

「椅子を二つ出してるのは見ましたね」

塩谷が言い添える。壁際に重ねてあったパイプの丸椅子を二脚持ってきて、再現してくれた。

「だいたい、こんな感じだったかな」

部屋の中央に、七十センチ程度の距離をおいて二脚の椅子が並べられる。菅本と同じギターボーカルの飯尾が言った。

「ひとつは演奏中や休憩時に自分が座る用。もうひとつは、ペットボトルやピックやカポタストなど細々したものを置く用。何もおかしくないな」

「たとえば、ですけど……二つの椅子を踏み台にして、ベースを高い場所に隠した可能性はないでしょうか。この椅子は小さいから、ひとつでは足場として心もとなかったでしょうし」

わたしは思いつきを口にしてみた。しかし、横井は賛同しない。

「高い場所ったって、この部屋には天井裏に通じる口もないしなあ。椅子に上ったところで、ベースを隠す場所なんか見当たるまいよ」

それでもわたしは念のため、椅子に上ってみることにした。パンプスを脱ぎ、椅子の間隔を少しせばめて一脚ずつ片足を乗せる。スカートじゃなくてよかった、と思う。

目いっぱい腕を伸ばしても、天井に指先が届くことはなかった。わたしの身長は、成人女性の平均ほどだ。小柄な菅本よりは間違いなく背が高い。そのわたしで届かないのだから、そもそも菅本には、この椅子を踏み台にしてベースを隠すなど不可能だったことがわかる。

考えすぎだったようだ。わたしは椅子から床に直接、ぴょんと飛び降りた、のだが——。

「うわっ！」

ストッキングに包まれた足が、つるりと滑った。男性四人に見守られる中、後ろ向きに転倒してしまう。

「だっ、大丈夫ですか、音無さん！」

飯尾が手を差し伸べてくれたので、急いで上半身を起こす。飯尾の手にすがって立ち上がりつつ、痛む尻のあたりをさすった。

「すみません、大丈夫です……イタタ」

「俺のベースを一所懸命探してくれるのはありがたいけど、ケガだけはしないでくださいね」

柳瀬は苦笑している。穴があったら入りたかった。首からカメラを下げたままだったのを思い出してひやりとしたが、後ろ向きに転倒したのが不幸中の幸いだったのか、動作に異常は見られなかった。

「背中、めっちゃ汚れてますよ」

言いながら、飯尾が背中をはたいてくれる。面倒見がいい。

わたしは着ていたネイビーのジャケットを脱いだ。床に着いた腰や背中のあたりが、白っぽくなっていた。強めにはたくと汚れは落ちた。

「砂か？　毎朝、モップをかけてるんだがな……」

横井はそうつぶやいてDスタジオを出ていき、すぐにモップを手に戻ってきた。床を水拭きしながら、顔を上げもせずに言う。

「とにかく、これでおれの疑いは晴れたな」

しかし、飯尾は引き下がらなかった。

「まだですよ。ぼくらが全員Cスタジオに入ったとき、つまりベースの盗難が発覚した瞬間に、Dスタジオに移しておいたベースを持ち出したのかもしれない」

「おいおい、今度はこのスタジオ全体を探したいなんて言い出すんじゃないだろうな」

「あるいは協力者がいたとしたら、ベースはもう外に運び出されてこの建物内にはない可能性も……」

「待ってください」わたしは疑いを暴走させる飯尾を制止した。「わたしたちがCスタジオに入ったとき、入り口のドアは閉めてなかったと思います。そうするより早く、柳瀬さんがベースの盗難に気づいたから。その間に横井さんがベースをDスタジオから運び出したのなら、誰かしらの目に留まったんじゃないでしょうか」

「彼女の言うとおりだよ。おれはベースを盗んでなんかいない。だいいち、金目当てで楽器を盗むなら、ほかにもっと高い楽器を持ってくる客はいくらでもいるんだ」

その反論にもうなずかされるが、どちらにしても横井は潔白である——菅本だけでなく彼にも、ベースを持ち出すことはできなかったのだから。

4

世にも奇妙な現象だ。誰にも持ち出せないはずの状況で、六十万円のエレキベースが忽然《こつぜん》と姿を消してしまった。

今日のように取材を受けるわけではない日でも、モノクロのメンバーは練習中、休憩を兼ねて機材を出しっぱなしにしたままロビーへ移動することがあったと聞いている。とはいえ今日、彼らがロビーにいたのは、わたしが取材を申し込んでいたからだ。となるとどうしても、わたしが原因を作った、という側面を否定することはできない。

全員で一階に戻ったところで、責任を感じたわたしは提案した。

「警察に届けましょう」

「そうするしかなさそうですね……」

柳瀬がうなだれる。横井は顔をしかめた。

「スタジオに捜査が入るのか。予約が入ってるんだがなあ」

「そんなこと言ったって、れっきとした犯罪なんだからしょうがないでしょう。だいたい、経営するスタジオで盗難が起きたんだから、ちょっとは悪かったと思うとか、ないんですか」

飯尾はなおも横井に嚙《か》みついている。だが、横井はそれを軽くあしらった。

「貼り紙があるだろ。ほら、そこ」

彼が指差した壁には、注意書きの印刷された紙が掲示されていた。当スタジオで起きた盗難等には一切の責任を負いません。機材の管理は自己責任でお願いします、云々。

「大きな声で言えることじゃないが、スタジオやライブハウスでの音楽機材の盗難は、そんなにめずらしくもないからな。ちゃんと注意してなかったおまえらが悪い」

突き放すような言い方にも、柳瀬は反論できずに肩を落としている。息の詰まるような空気に耐えかねて、わたしがいよいよ警察に通報しようとした、そのときだった。

サウンドノヴァの入り口のドアをくぐって、ひとりの女性が姿を現した。

「あの……さっき、電話で戻ってこいって言われたんですけど」

菅本ハルナだ。上目遣いで、見るからに困惑している。

ベージュのコートにサーモンピンクのキュロットという服装は、先ほどスタジオにいたときと変わらない。セミロングの茶髪といい、頬のあたりを赤くした化粧といい、いかにも若者らしいかわいい雰囲気をまとっている。荷物は家に置いてきたようで、手ぶらだった。

「何かあったんですか」

訊ねる菅本に、柳瀬が詰め寄った。

「俺のベース、きみが盗んだんじゃないのか」

「はあ? 何ですか、いきなり」

菅本がむっとする。

柳瀬もだいぶ度を失っているから、このままだとどうしても角が立つ。というわけでわたしが、彼に代わってひととおり事情を説明した。

「……というわけで、Cスタジオに入ることができたのは横井さん以外では菅本さん、あなたしかいないんです」

「冗談じゃない」菅本はいきり立った。「いくらCスタジオに入れたって、あたしの荷物にベースなんて入りっこないことくらい、考えなくてもわかりますよね」

彼女の主張はもっともだ。わたしは、何とか彼女をなだめようとする。

「でもね、通路はあなたと横井さんしか通らなかったし、非常階段に通じるドアの鍵は二日前に修理したばかりだっていうから……」

「そうなんですか?」

菅本が横井のほうを見る。横井は鷹揚《おうよう》にうなずいた。

「開けられたらひと目でわかる鍵です。そんな形跡はなかった」

「へえ……先週もここを使わせてもらったんですけど、そのときと今日とで鍵が替わってることには気づきませんでした」

自身に向けられた疑惑が濃厚であることを思い知らされたからか、菅本の顔色が悪くなる。と、塩谷が口を開いた。

「そう言えば菅本さん、ギター替えた？」

「はい、替えましたけど……どうして知ってるんですか」

「以前、たまたまきみのライブを見たことがあってね。あのときは確か、チェリーサンバーストのハミングバードを使っていたはずだ」

ハミングバードは、ギブソン社製のアコースティックギターである。その名のとおり、ピックガードに描かれた鳥の絵が特徴的な名器だ。チェリーサンバーストはカラーの呼称で、ボディの中央のナチュラルな木材の色から、外側のチェリーのような鮮やかな赤に向かって、グラデーション状に塗装が施される。

「だけど今日、きみがDスタジオで首から下げていたギターのボディの裏は真っ黒だった。チェリーサンバーストのハミングバードの裏は普通、黒ではなく茶色だよね」

「ドラマーなのに、よくご存じですね」

わたしはつい、口をはさんでしまう。塩谷の釈明は明快だった。

「僕、ギターも弾くんですよ」

菅本は意気消沈した様子で、ギターを替えた理由を語り出した。

「二ヶ月くらい前に、ハミングバードを壊してしまったんです。そのときはソフトケースで持ち運んでいたんですけど、路上で勢いよく転んでしまって。ギターの上に着地して、ボディがぱっくり割れてしまいました」

「それは、お気の毒に……」

塩谷は痛そうに顔をゆがめている。まるで、自分が割れたギターにでもなってしまったかのようだ。

「ハミングバードは一本三十万円を下らない楽器です。一介の芸大生に過ぎないあたしに、壊れたからってすぐ買い直せるような値段じゃありません。前に使ってたのだって、高校生のころにバイトでお金を貯《た》め始めて、大学生になってようやく買えたものなんです」

だから、大切に使ってきたのに。そうつぶやく彼女が、何だかかわいそうになってくる。

「愛着のあった楽器でしたから、いつかまたハミングバードを買おうと思ってるんですけど、それまでギターが弾けずに腕がなまるのは困ります。それで、間に合わせに五万円くらいで買ったのが、あの黒のギターなんです」

ソフトケースでは再び壊してしまうかもしれないので、ハードケースに入れて持ち運んでいるのだという。重たいだろうに、涙ぐましい心がけだ。社会人のわたしにとっても、三十万円は簡単に手が出る金額ではない。次に彼女がハミングバードを手にできるのは、果たしていつのことになるのだろうか。

菅本の話を聞きながら、わたしはいっとき盗難騒ぎのことを忘れていた。ところが、飯尾はあくまでも冷静だった。

「そうなると、きみはお金が欲しいってことだよね。怪しいな」

彼の言うとおり、菅本にはベースを盗む動機があることになる。

「だから、あたしにはベースを持ち出せなかったって言ってるじゃないですか」

菅本が顔を真っ赤にして言い返す。水掛け論の様相を呈してきた。

「やっぱり、通報するしかねえだろうな」

横井が頭をかいて、カウンターの電話機に手を伸ばした。この謎めいた状況に誰も説明をつけられない以上、もはや警察の力を頼るしか——。

待てよ、と思った。いるではないか。謎めいた状況を解き明かすのに、うってつけの人物が。

「すみません。ちょっと、電話してきます」

わたしが言うと、横井は動きを止めた。

「それは、この件に関係のある電話か？」

「はい。ちゃんと戻ってくるので、それまで通報は待ってもらえませんか」

横井が受話器を置くのを見届けて、わたしはサウンドノヴァを飛び出した。外はすでに陽《ひ》が沈みかかっていて、下北沢の街を駆け抜ける師走の風の冷たさは肌に刺さるようだった。長電話になるとつらいぞ、と思いながらスマートフォンを取り出し、発信する。

コール音は十回以上も続いた。出られないのかな、いやでも彼に限って忙しいなんてことは、などと思いつつ、じれったく待つ。やがて、相手が電話に出る音がした。

「……何だよ、オンタマ」

「やっと出てくれましたね。寝起きですか」

「違うっての。リハの最中だったから、すぐには出られなかっただけだ。おたくからかかってくる電話なんて、どうせろくな用件じゃねえしな」

失礼な人だ。言い返そうかと思ったが、長引けば寒くなるだけなのでやめた。

電話の相手は五味淵龍仁。経営するライブハウス、レジェンドから幾多の人気バンドを世に輩出し、その名を音楽業界にとどろかせているらしいが、普段はやさぐれた感満載のふてぶてしい中年男性だ——コラム連載のためのインディーズバンド発掘でお世話になっているわたしがこう言うのも失礼な話ではあるが、そうとしか形容できない御仁なのである。

ただし、彼には才能あるバンドを聴き分ける能力のほかにもうひとつ、人並み外れた特長がある。それが、謎を解決する推理力なのだ。これまでライブハウスで起きた機材損壊事件や、浮気女のアリバイ崩しなど、わたしが詳細を伝えただけで彼はたちどころに真相を見抜いてきた。

本日のような不可解な事件こそ、彼の出番だ。もっと早く思い出していればよかった。そんなことを考えながらわたしは、ちょっぴり甘えるようにして言った。

「いま下北沢のサウンドノヴァにいるんですけど、不思議なことが起きちゃいまして。五味淵さんのお知恵を拝借できないものかと」

「……オンタマ、俺をサポートセンターか何かと勘違いしてるんじゃないか。困ったときだけ頼ってきやがって」

「困ってないときでも頼っていいんですか?」

「それはこっちが困る」

八方塞がりではないか。

「とにかく、いますぐ来てくれませんか。どうせリハもほかのスタッフに任せきりなんでしょう」

「ふざけるな。切るぞ」

「待って待って。電話でいいので、話を聞いてください」

わたしは今日の出来事を話して聞かせた。Cスタジオから消失したベース、数えるほどしかいない容疑者、けれどもベースを盗み出す方法がどうしても思い当たらないこと──。わたしが椅子から飛び降りた際に転んだことまで、正確に伝えた。

ひととおり話し終えたところで、五味淵はこんな質問をした。

「その菅本って子、ハードケースを傾けて持ってたんじゃないか」

「傾けて……と言うと」

「ヘッドが上、ボディが下だよ。傾いた状態で、ハードケースを運んでいただろう」

わたしは首から下げていたカメラの画面に、菅本が写り込んだ写真を表示させた。五味淵の言ったとおり、菅本のハードケースは傾いていた。

「本当だ、でもどうして……五味淵さんには、この写真を見せてないのに」

「ちょっと考えりゃわかることだよ」

「だけど、ボディのほうが重いんだから、こんな風に傾くのは自然なことですよね？」

タバコでも吸っているのか、五味淵は長く息を吐き出す。

「前回もそうだったが、きわめて単純な話なんだよ。おまえは不思議なことと言ったが、俺にしてみればむしろ、そっちにいる誰も考えつかなかったことのほうが不思議だ」

「それじゃ、犯人がどうやってベースを盗んだのかがわかったんですね」

勢い込んだわたしを、五味淵は落ち着いた声で諭した。

「どんなに小さな音にも、しっかり耳を傾けろ。そうすれば、真実はおのずと明らかになるさ」

5

「犯人が柳瀬さんのベースを持ち出した方法が判明しました」

サウンドノヴァに戻ったわたしは開口一番、そう告げた。モノクロのメンバー三人、横井、それに菅本がいちように目を見開いている。

「誰なんですか、犯人は」

飯尾が声を荒らげる。わたしは、ある人物へと視線を注いだ。

「犯人は、菅本さんです。初めから、わたしたちのにらんだとおりでした」

意外ではなかったからか、場にいた人間に動揺は見られなかった。当の菅本ですら、平然としている。

「何度も言ったように、あたしにはベースを盗み出すことなんてできなかったんですよ」

「わたしもそう思ってました。けれど、ベースはやっぱり、あのアコースティックギターのハードケースに入れて持ち去られたんです」

「だから、それは無理なんだって。アコギのハードケースじゃ、長さが足りないんだから」

反論した柳瀬のほうを、わたしは向いた。

「長さが足りないのなら、ベースのほうを短くすればいいんです」

「どうやって？　あのベースはスルーネックで、分解もできないし――」

そこで、彼は思い至ったようだった。口をあんぐり開けたその顔に、《まさか》の三文字が浮かんでいた。

「だって……そんなことをしたら、あのベースは価値が……」

「ほかに方法がない以上、そう考えるしかありません。菅本さんは、べ、ー、ス、を、切、断、したのです」

それが、五味淵の唱えた推理だった。

「塩谷さんによれば、Dスタジオでは椅子が二つ、七十センチほどの間隔を空けて並べられていたのでしたね。菅本さんはその上に柳瀬さんのベースを載せ、ネックの部分にのこぎりを入れてヘッドを切り落としたのです。そうすれば、アコースティックギターのハードケースに入れてベースを持ち去ることができます」

ネックは木材だから、のこぎりを使えば女性の力でもわりあい簡単に切ることができただろう。折りたたみ式ののこぎりなら、菅本の荷物にも収納できたはずだ。木を切れば、木屑《きくず》が出る。たとえば新聞紙を敷くなどして、極力散らさないようにすることはできたかもしれない。だが、それでも木屑が舞うのを完全に防ぐことはできなかった。わたしが足を滑らせた際、ジャケットに付着した白い汚れは、木屑だったのだ。

ベースのボディは通常アコースティックギターのボディより小さいので、ハードケースに収まる。弦もニッパーか何かで切断し、残ったヘッドはハードケースの隙間に入れるか、リュックサックにでもしまったのだろう。

「ちょっと待った。そいつはおかしいですよ」

ここで、塩谷から反論が上がった。

「彼女、アコギを持っていたんだ。ガラス越しに見かけたし、音も室外に洩れていました。アコギをハードケースに収納したら、それだけでケースは一杯になって、バラしたところでベースのボディなんて入るわけがありませんよ。かと言って、Dスタジオにアコギが残されてるということもなかった」

だが、その点を見逃す五味淵ではない。

「だったら、菅本さんは初めからギターなんて持っていなかったのでしょう」

「だから、僕は彼女がギターを首から下げているところを見たんだって」

「後ろ姿からはみ出すギターの一部を、ちらりと見かけただけだったんですよね？」

問いただすと、塩谷は「そうだけど……」と臆した。

「じゃあ、それはギターじゃなかったんですよ。おそらくは、厚紙か何かを使ってギターのフォルムに似せたものに過ぎなかったんでしょう」

塩谷の話によれば、ギターは真っ黒だったという。チェリーサンバーストの複雑な色合いに比べたら、黒のギターに見せかけるのは簡単だったに違いない。

そもそもモノクロのメンバーがDスタジオを必ずのぞくとは限らなかったのだから、この小細工はいわば保険のようなものだったのだろう。まじまじと見られる心配もないので、そこまで精密にギターに似せる必要はなかった。

菅本は先ほど自分のことを《一介の芸大生》と語った。個人差はあるだろうが、芸術大学にかよう学生ならば、工作などに抵抗がない人も多かろう。ギター状のものを厚紙で作ることくらい、彼女にとっては朝飯前だったのかもしれない。

塩谷はまだ納得していない様子だ。

「確かに僕は、菅本さんのギターを一瞬しか見ていません。あれが紙製だったとしても、見抜けなかっただろうと思います。けれど、室外に洩れていた音はどうなりますか。歌声に加えて、アコギの音もちゃんと聞こえていましたよ」

「それはおそらく、スピーカーから流した音源でしょう。Dスタジオには、CDデッキがありましたから」

自身の弾き語りを録音したCDをデッキで再生すれば、当然Dスタジオからは弾き語りの音が洩れ出ることになる。直接聞けば、生音でないことは明白だっただろう。だが、防音室から洩れるわずかな音で、しかも取り立てて注意を払っていない状態だ。モノクロのメンバーが、実際に演奏していると錯誤したのも無理はなかった。

反論できなくなった塩谷が菅本のほうを振り向くが、彼女は口をつぐんでいる。わたしは五味淵の推理をおさらいした。

「ある事情から柳瀬さんのスルーネックのベースに狙いをつけた菅本さんは、モノクロニシティがこのサウンドノヴァを利用していることを突き止め、自身も何度かスタジオに入るなどして計画を立てます。今日、モノクロと同じ時間帯に隣のDスタジオを予約した菅本さんは、Dスタジオのドアのガラス越しに様子をうかがいながら、ベースを持ち出すタイミングを見計らっていました。モノクロのメンバーがCスタジオから出てきた瞬間に背を向けてギターを演奏しているふりをし、彼らがロビーに移動したことが確認できたら、すばやくCスタジオに侵入してベースをD

スタジオへと運び込みます。そして椅子の上にベースを寝かせてネックを切り、アコースティックギターのハードケースに収めました。さらに、ギターに見せかけた紙を折りたたむなどしてリュックサックにでも収納し、破壊したベースの入ったハードケースを持ってサウンドノヴァをあとにしたのです」

現場に居合わせた以上、菅本に疑いの目が向くことは避けられない。しかし、彼女には六十万円もするベースを、その価値を保ったままでは外に運び出せなかったと主張できた。その結果、柳瀬のベースは外部からの侵入者による盗難に遭ったという結論に達し、彼女の疑いは晴れる——はずだった。

「非常階段に通じるドアを、横井さんが二日前に修理していたのは、あまりにも手痛い誤算でしたね。菅本さんは今日、柳瀬さんのベースを破壊する前に、あのドアを確かめておくべきでした。それを怠ったせいで、容疑者が極端に絞られてしまった」

いくら一見してベースを持ち出せない状況を作ろうとも、ほかに容疑者がいないのでは意味がない。菅本はそれを考慮したうえで、単純な盗難事件に見せかけようとしていたのだ。横井からドアを修理したことを聞いたとき、彼女の顔色が悪くなったのはそのせいだった。あの瞬間、彼女はさぞかし自分の不運を呪ったことだろう。

「証拠はあるんですか」

上目遣いでそう言った菅本の声音に、わたしはあきらめのようなものを感じ取った。

首から下げたカメラの画面に、菅本が写り込んだ写真を表示する。

「これは、通路からロビーへと出てきたときの菅本さんの姿です。彼女の持つハードケースのヘッド側が持ち上がり、ボディ側が下がっているのがわかります」

「それが？」と飯尾。

「この手のハードケースの多くは、持ち運びがしやすいように、中に楽器を入れると水平にバランスが取れるようになっているんです。ところが、菅本さんのハードケースは明らかに傾いています。これでは持ちにくくて仕方がありませんよね。中に入っているのがアコースティックギターじゃないから、こんな風に傾くんじゃないですか」

五味淵がハードケースの傾きを見抜いたのは、これが理由だった。菅本がベースを持ち出すには、ハードケースに入れるしかない。それならベースを破壊したのだろうし、ハードケースは傾くに違いない、と考えたのである。

「そのハードケースは……元々、傾くようにできていて……」

苦しまぎれの言い逃れに、わたしはとどめを刺した。

「ならば、実証してみましょうか。ハードケース、ここに持ってきてください。もちろん、中にギターを入れて、ね」

菅本はうつむき、深く息を吐いた。絞り出した声はかすれていた。

「……本当にバカでした。あの非常階段のドアを、開けてみなかったなんて。計画を実行するので頭がいっぱいで、そんなことにも気が回りませんでした」

「ひとつ、疑問があります。仮に非常階段に通じるドアが修理されていなかった場合、菅本さんはベースをドアの外に出しておいて、外から非常階段を上ってベースを回収するという手が使えたはずなんです。そのほうが、ベースを切ったりしなければならない今回の方法よりもはるかに楽だったのは間違いありません。結果論ですが、ドアの鍵が修理されたと気づいて、計画を中止することもできたでしょう。なのになぜ、そうしなかったんですか」

この疑問も、五味淵が口にしたものである。ちなみに五味淵自身は、屋外の非常階段を上ってベースを持ち去る場面を目撃されるリスクを回避するため、と推測したようだった。

菅本の釈明は、五味淵の推理とはまったく異なっていた。

「それだと、お金目当てでベースを盗むのと変わらないじゃないですか。あたしの目的は、あくまでもベースを破壊することだった。だから、たとえ誰にも知られないようにするつもりでも、自分の中で明確に線引きをしておきたかったんです。あたしはこのベースを盗んでるんじゃない、壊してるんだって」

六十万円のベースが紛失すれば、誰だって盗難事件だと思う。その思い込みがある限り、今回の謎は解けなかった。これは盗難ではなく、器物損壊事件だったのだ。

「なぜ、柳瀬のベースを壊したかったんだ」

塩谷の問いに、菅本は声を低くする。

「ハミングバードを壊されたことに対する復讐《ふくしゅう》です」

見ると、柳瀬はばつが悪そうにしている。塩谷はそれに気づいた風もなく、

「二ヶ月前にギターが壊れたっていうのは事実だったんだね。だけど、壊されたってのはどういうことだ。きみはさっき、転んでギターを壊したって言ってたじゃないか」

菅本は、下唇を嚙んでから話し始めた。

「あの日はライブの帰りで、もうすっかり夜になっていました。ソフトケースに入れたハミングバードを背負って歩いてたら、角から車が飛び出してきたんです。その交差点、《止まれ》の標識があったんですけど、完全に無視したスピードでした」

わたしは柳瀬の態度がおかしい理由を察した。

「あたしはとっさに飛びのいて、何とか車には轢《ひ》かれずに済みました。けれど、ギ

ターの上に尻もちをついてしまって……車はスピードを緩めることなく、走り去ってしまいました。そのナンバーを、あたしは記憶したんです」

「ひどい話だな」

　横井がつぶやく。わたしと同じ考えに到達しているからだろう、モノクロのメンバーは誰も口を開かなかった。

「それから一ヶ月ほどが過ぎたころでした。あたしは偶然、このスタジオの入り口に、あたしを轢きかけた車が停《と》まっているのを見つけたんです。記憶したのと同じナンバーでした。ただもうびっくりしていたら、運転席から出てきたのが柳瀬さんでした」

　菅本はモノクロニシティのことを知っていたそうだ。だから、車から降りてきた柳瀬の姿を見てピンときた。

「あたしはすぐに調べて、あの車が柳瀬さんのもので、いつも柳瀬さんが自分で運転していることを、ネットの書き込みなどから突き止めました。つまりあの晩、あたしを轢きかけたのも、柳瀬さんだったことになる」

　菅本の声に、力がこもる。

「相手もミュージシャンだったという偶然、こんなところで再会した偶然……同じ目に遭わせてやりたい、という気持ちが湧き上がるのを止められませんでした。そうすることが、とても自然な運命のように感じられたんです」

「柳瀬、本当なのか？」

飯尾が追及する。柳瀬は力なくうなだれた。

「……わからない。二ヶ月も前のことなんて、はっきり憶えてるわけがない。ただ、ギターを背負った女の子が一瞬、フロントガラスの端に見えたことがあったような気もする。だとしても、ぶつかっていないのは確かだったから、さほど気にせず通り過ぎてしまったんだろう。夜だったから、彼女が転んでいたとしても見えなかった」

菅本の証言が正しいのなら、柳瀬は標識を無視しているわけだから言い訳無用だ。ただし接触まではしておらず、菅本が通報しなかったので、事故として扱われることはなかった。実際には、非接触事故でも損害賠償が認められるケースはあると聞いたことがある。菅本が通報していれば、また違った展開が望めたかもしれない。

「あたし、大切なギターを壊されたことが悔しくて、本当に許せなくて……」

菅本の目から、ぽろぽろと涙がこぼれ落ちた。

「こんなことしたって何にもならないって、わかってました。だけど、どうしてもこの悔しさを、ほんの少しでも味わわせてやりたくて。たとえ新しい楽器を弁償してもらったとしても、代わりになんてならないくらい、思い出の詰まったギターだったんです」

　わたしは何も言えないでいた。彼女の気持ちが、少しは理解できる気がしたから。長年使い込んだマグカップやお気に入りのバッグ、あるいはさまざまなやりとりをした携帯電話を処分することになったとき、感傷的な気分に浸った経験が自分にもあったから。

　しかし、誰もが同情的になったわけではなかった。横井の発した言葉は、まさしく若者を戒める大人のそれであった。

「だからって、人の楽器を壊しちゃいかんだろう。きみにとって大切なギターだったのなら、それを壊されるつらさを知っているのなら、なおさらだ」

　菅本はしゃくり上げている。横井が受話器を持ち上げながら言った。

「事情がどうあれ、これは立派な犯罪だからな。通報するぞ」

　だが、柳瀬がその手を止めた。

「もういいです。壊されたベースのことは、あきらめます」

「あきらめるって、正気か。六十万だぞ、六十万」

　飯尾は目を白黒させている。けれど、柳瀬は意見を変えなかった。

「菅本さん。これできみの気が済んだのなら、俺は今日の出来事については忘れようと思う。本当に、申し訳ないことをした」

菅本は涙ながらに彼の謝罪を受け入れ、この件はそれで手打ちとなった。

6

「……どうも、すっきりしないな」

一週間後、わたしはレジェンドにいた。人気バンドのインタビューを取ったからといって、連載がサボれるわけではない。今日も将来有望なインディーズバンドの発掘に勤《いそ》しんでいるのだ。

「やっぱり、五味淵さんもそう思います？」

わたしが返すと、五味淵はタバコの煙を吐き出した。着ているカーキのミリタリージャケットは、今日も裾や袖口が黒ずんでいてみすぼらしい。

本日のライブの開演まではまだ時間がある。わたしは先日の電話のあとの顚末《てんまつ》を、五味淵に伝えた。それに対する彼の第一声が、《すっきりしない》というものだったのだ。

「おおかた、柳瀬のほうにもおおごとにしたくない事情があったんじゃないのか」

「さすが、鋭いですね。機材の撮り直しをお願いしなきゃいけなかったので、わたしあれからもう一度、柳瀬さんと会ったんですけど」

買ったばかりのベースを失った柳瀬は結局、以前から愛用していたほうのベースを撮影させてくれた。

「何となく釈然としなかったので、ちょっと皮肉めかして『寛大な対応でしたね』と言ったんですよ。そしたら柳瀬さん、いろいろしゃべってくれました」

「ほう。何を？」

「止まれの標識を無視したことからも察せられるように、彼、少なからず問題のある運転をしてたみたいで。万が一にも菅本さんの件で反則切符を切られることになったら、即免停だったらしいです。それでは困るので、あの場で丸く収めたんだとか」

そんなことだろうと思ったよ、と五味淵は苦笑する。

「もうひとつ。新しく買ったベースの音が、実はメンバーから不評だったらしいです。自分では気に入って、六十万円も払って買ったものですからね。意地張って使ってたみたいですけど、不可抗力で以前のベースに戻すことになって、内心ほっとしてるって言ってました。話にも出たとおり、柳瀬さんは経済的にも多少のゆとりがあるようですからね」

とはいえ六十万円は、容易にあきらめきれる金額ではない。菅本に対して心底申し訳なく感じたのも、彼女を許した一因ではあったのだろう、とわたしは思っている——もっともこれは、わたしがそう信じたいだけのことなのかもしれないが。

「五味淵さんは、自分の楽器に愛着ありますか」

わたしは何気なく訊いてみた。五味淵は自身もロックバンドを率いており、ギターを弾く。たとえそのバンドがクソダサかろうと、それで楽器への思いが左右されるわけではないだろう。

「そりゃ、あるさ」

一桁の足し算でも出題されたみたいにあっさりと、五味淵は答えた。

「楽器ってのは、言ってみりゃ伴侶みたいなものだ。そいつとじゃないと見られない景色があるし、そいつとだから見てきた景色がある。アコギを壊されて涙を流す気持ちも、わからないではない。その仕返しに他人の楽器を壊すのは、やりすぎだがな」

わたしはレジェンドのフロアやステージを見回す。ライブの本番を目前に控え、楽器を触っているミュージシャンたちがいる。ひとりひとりに、それぞれの伴侶とのドラマがあるのだろうな、としみじみ考えた。

「しかし、オンタマも災難だったな。単なる代打取材のはずが、厄介な事件に巻き込まれて」

めずらしくいたわるような言葉を、五味淵がかけてくれる。わたしはくすりと笑った。

「終わりよければすべてよし、ですよ。モノクロのメンバーとは仲よくなって、高部さんが産休から復帰しても変わらず、わたしに担当してもらいたいと言われているんです」

「そりゃあ何よりだ。人間関係も楽器と同じで、そう簡単に替えが利くものではないからな」

　幸せをつかんでいく高部のことを、わたしはうらやましいと思った。そんな彼女の指名でモノクロニシティはわたしに引き継がれ、彼女がいないあいだもこうしてうちの会社は回っている。

　憧れだった雑誌の編集部に入って、わたしが何かを成し遂げた気でいることは確かだ。けれどもいまのわたしはまだ、簡単に替えが利く新入社員に過ぎないのだとも思う。仕事でもプライベートでも、誰かにとっての愛用の楽器みたいに、かけがえのない人間になっていけるだろうか。あらためて考えると、ちょっと自信がない。替えが利かないという意味では、目の前にいる男性もわたしにとってはそうだ。

　わたしは五味淵に向き直った。

「五味淵さんのおかげで、事件を解決することができました。本当にありがとうございました」

五味淵は人差し指で頬をかいている。あれは、照れ隠しの動作だろうか。

「サポートセンターの面目躍如だな。ま、たまにはおたくも俺の困ったときに助けてくれるとありがたいんだが」

「もちろんです。何か、わたしでお役に立てることがありますか？」

「むしろ、おたくにしかできないことだ」

「本当ですか。喜んで力になりますよ」

わたしも五味淵にとって替えの利かない人になれるのだろうか。胸を高鳴らせながら言うと、五味淵の眼差しがとがった。

「――言ったな？」

五味淵はバックヤードに引っ込み、五分ほどして戻ってきた。両腕に抱えた段ボール箱を、わたしの足元に下ろす。

「これは……」

わたしは箱の中をのぞく。未開封のＣＤがびっしり詰まっていた。ジャケットに、『レジェンド・オブ・シモキタ（ＬＰ）』とタイトルが印字されている。

猛烈に嫌な予感がした。

「去年、俺らのバンドで作ったアルバムだ。内容には自信があるんだが、思うように売れてくれなくてなあ。きっかけしだいだと思うから、ロック・クエスチョン編集者のオンタマの発信力を使って、こいつを宣伝してほしいんだよ。頼む、力を貸してくれ」

「いやー、ちょっとそれは……」

目を血走らせてぐいぐい近寄ってくる五味淵を、わたしは必死で押し返す。このときばかりは心の中で、誰か替わってくれないか、と叫ばずにいられなかった。

track 4 ヒステリック・ドラマー

1

「つまり――」。

ハガキほどのサイズのフライヤー――ライブ出演者が自分たちの情報を印刷して配るビラのこと――の裏に書いた文字を、ボールペンの先でトントンと叩きながら、わたしは言った。

「この台詞《せりふ》から、彼が出ていった理由を突き止めるしかないわけね」

残された二人のメンバーは、そろって首を縦に振る。

わたしはいま一度、その文章に目をやった。

〈ライブを終えた帰り、道端で野良猫が死んでいたので、二百メートルくらい先の

河原《かわら》に埋めて、手を合わせているときに『さよならの音』というタイトルが下りてきたんです〉

いったいこの言葉の何が、本番中のライブを放棄してしまうほどに、彼を激怒させたのか？

2

本題に入るより先に、前日譚《ぜんじつたん》に触れておく必要があるだろう。

ちょうど一週間前、冬の寒さがピークを迎えた二月上旬のことだ。わたしはあるバンドに取材を申し込み、昼間の下北沢のカフェでメンバーを待っていた。上の階にあるライブスペースが経営しているお店で、奥のスクリーンではインディーズミュージシャンのミュージックビデオが流れ、その手前の小上がりのようになったスペースには座卓が並んでいる。わたしは入り口に近いほうの、テーブル席に腰かけていた。

日曜日、下北沢の街にいるといつも以上に活気を感じる。本来ならわたしにとっても休日なのだが、音楽雑誌ロ《R》ック・ク《Q》エスチョンでインディーズバンドを紹介するコラムを担当している以上、先方の都合で週末に取材が入るのは致し方ない。幸か不幸か、休みごとに顔を合わせたくなる恋人も親友も持たないわたしなので、週末の取材はさほど苦にならず、むしろ世代の近い若者たちとお茶するくらいの感覚で楽しんでもいた。

それでも礼を欠かないよう、今日は約束の時間の十五分前には指定の店に着き、取材対象を待った。愛用のノートを開いて質問事項を確認していると、彼らは時間どおりに現れた。

「本日はお時間をいただきありがとうございます。あらためて、RQ編集者の音無多摩子です。よろしく」

かしこまりすぎない態度で、わたしは彼らを迎える。メンバー全員がわたしと同い年であることは、すでに把握済みだ。

「RQの取材だなんて光栄です。楽しみにしてました」

ギターボーカルの古坂浩嗣《こさかひろつぐ》は丁重に頭を下げた。ほかのメンバーもそれにならう。多少の緊張はあるのかもしれない。だが、それにしても古坂の表情が暗いのが気になった。

「大丈夫？　何だか、顔色よくないみたいだけど」

訊ねると、古坂は苦笑する。

「ゆうべ、ライブだったんで。疲れが残ってるのかもしれないです」

「そうだったんですね、お疲れさま。ごめんなさい、そんなときに呼び出して」

「いえ、全然。ただ、ちょっと今日、ドラムの林陽介《はやしようすけ》が来られなくなっちゃって」

どうやらそっちが、顔色の優れない本当の理由みたいだ。メンバーがひとり足りないのは見ればわかるが、遅刻しているのだろう、くらいに思っていた。

「あいつ、大学生の弟がいて、圭介《けいすけ》くんっていうんですけど。どうも昨晩、バイクで事故ったらしくて」

「え、本当？」

「寒い夜でしたからね。凍結した路面でスリップしたみたいです。で、単独事故だったから発見が遅れちゃって。出血がひどく、一命は取り留めたものの、いまも意識が戻っていないんだとか」

それは取材どころではない。古坂は沈痛な面持ちで語る。

「ボクもさっき、陽介から電話がかかってきて状況を知ったばかりなんです。いまは事故に遭った圭介くんを発見した、圭介くんの彼女と一緒に、病院にいるって言ってました。親御さんは田舎《いなか》に住んでるから、駆けつけるにも時間がかかるようで」

「そんな大変なときにまで、取材のことを気にかけさせてしまって逆に申し訳ないです。こっちのことは問題ないと伝えておいてください」

「わかりました。ボクらも心配で……圭介くん、よく彼女を連れてライブに来てくれてたから」

古坂の言葉に、ほかのメンバーもうなだれる。無事を祈ることしかできないのを、歯がゆく感じているらしい。

わたしも気が滅入らずにいられなかったが、せっかく集まってもらったのだから、取材はきちんとやるべきだ。中止になりました、なんて編集長の大久保に言おうものなら、ダジャレ好きの彼のこと、「音無、おまえ自己中だな。事故で中止だけに」とでもこき下ろされるに決まっている。それはどうでもいいが、自分のせいで取材がなくなった、とドラマーを恐縮させてしまうのだけは避けたい。

というわけで、わたしは彼らを座らせて全員分の飲みものを注文すると、ボイスレコーダーの録音ボタンを押した。

「それではインタビュー、始めます」

テーブルのまわりに座った三人が、「よろしくお願いします」と声をそろえた。

まずは基本情報から。彼らは『メイド・イン・タイド』という名前の四ピースバンドだ。略称は『メイタイ』で通っている。

ギターボーカルの古坂浩嗣が作る、ポップでありながらどこか愁いを帯びた楽曲は、一聴しただけで無意識に口ずさんでしまうほど耳によくなじむ。初めてライブを観たとき、パフォーマンスは手堅いが平凡だと感じたものの、その曲のよさから今後売れそうな気配がビンビン伝わってきた。そこでわたしは連載に取り上げることを決め、彼らに声をかけたというわけだ。

ギターボーカルの古坂浩嗣は、曲のイメージのとおり繊細そうな顔立ちで、体の線も細い。髪が清潔感のある黒の短髪なのは、彼が会社員として働いているためで、だからライブや取材も週末にならざるを得ない。ほかのメンバーも、それぞれ職種は異なるものの何かしらの仕事に就いているらしい。

続いてベースの松木謙治《まつきけんじ》。背が高く、黒縁の眼鏡《めがね》をかけている。メイタイは元々、高校の同級生だった古坂と松木が結成したバンドだという。その後、幾度かのメンバーチェンジを経て現在の構成に落ち着いた。

村越史華《むらこしふみか》はバンドの紅一点だ。彼女はキーボードを担当するほか、その涼しげな声を生かしてバックコーラスも受け持つ。黒髪を肩まで伸ばした姿や小作りな顔は彼女をやや幼く見せ、男性ファンからの人気が高そうだ。同性の自分から見て、その守ってあげたくなるような雰囲気はちょっとうらやましい。

そして最後が当日不在のドラム、林陽介。ライブを観ただけで口を利いたりはしていないので、人柄までは知らないが、体格がよく、バンドをしっかり支える芯を持った人物という印象を抱いていた。

取材は順調に進んでいった。バンドとしてはメジャーを目指していると語る彼らの瞳には、仕事で忙しく満足な音楽活動をおこなえない現状に対する鬱屈と、それを打破してくれる劇的な変化がいつか起きるのではないかという途方もない期待とがうかがえた。音楽雑誌の編集者となって以来、さしたる夢も持たなくなったわたしにとって、それは微笑ましくもあり、どこか切なくもあった。

一時間半が経ったところで、わたしはボイスレコーダーを停止した。礼を述べると、古坂が長財布を取り出す。

「あ、お代はこっちで払うから――」

こっちというか、会社持ちなのは当然だ。ところが古坂が差し出したのは、お金ではなく一枚のチケットだった。

「来週の日曜日、ライブやるんです。よかったら来てください。チケット、差し上げますんで」

わたしはチケットを受け取る。ブッキングライブのようで、出演バンドが複数印刷されていた。来週の日曜なら、先約は特になかったはずだ。行くのにやぶさかではない、のだが――。

「林くん、ライブ出られるの。一週間しかないけど」

古坂は難しい顔をした。

「出るつもりだとは言ってました。これから弟に万が一のことがあれば、厳しくなるかもしれないけど……」

メンバーゆえの不安が伝わってくる。ここでわたしたちが気を揉《も》んだところでどうしようもないのだが、それでも平静ではいられないのはわかる。

「とりあえず、楽しみにしてるね」

チケット代を支払おうとしたが、受け取りを固辞された。コラムで取り上げてくれることへのお礼だそうだ。ノルマはないとのことなので、ありがたくもらっておいた。

その後、わたしは取材内容をコラムにまとめるなどしながら過ごしたけれど、メイタイのメンバーからライブへの出演を取りやめる旨の連絡が届くことはなかった。それは取りも直さず林の弟の、一応の無事を意味している。安堵していいものかどうか、まるで首をすくめながら歩むような一週間だった。

そして話は本題へ、すなわち今日のライブへと進むのである。

3

メイタイから招待してもらったブッキングライブの会場は、わたしが連載に取り上げるインディーズバンドを探すため足しげくかよっている下北沢のライブハウス、レジェンドだった。

彼らと出会ったのもレジェンドだったので、奇遇というほどのこともない。聞けば彼らは一、二ヶ月に一度の頻度で、レジェンドのステージに立っているそうだ。

頻繁に出入りしているので、わたしはレジェンドのマスターとも顔なじみである。五味淵龍仁という名のその人は、やや見すぼらしい感じの四十代のおじさんで、ライブハウス運営に関してはやる気のかけらすら見せたことがないが、実はのちのち世に羽ばたくような才能あるバンドを聴き分ける優れた耳を持つ。その的確さは国内屈指の人気音楽雑誌RQの編集長を務める大久保のお墨つきだが、悲しいかな、五味淵自身が率いるバンドはどういうわけかクソダサい。

その五味淵と談笑しながら、わたしはライブを観賞していた。メイタイの出番はトリで、ほかに取材したいと思えるほどのバンドは出演していなかった。

「メイタイ、無事に出られてよかったですね」

「あいつら、何かあったのか」

「ドラムの林くん、大変だったみたいで……」

取材の際に聞いた弟の事故の話を伝えているうちに、前のバンドとの転換が済み、やがてメイタイの演奏が始まった。

持ち時間が四十分であることを、わたしは事前に聞いていた。その半分ほどが過ぎ、曲の合間のMCが始まるまで、ライブは滞りなく進んだ。林の演奏も動揺を感じさせない、きわめて安定したものだった。

「次は初披露の新曲をやります。『さよならの音』という曲です」

ボーカルの古坂がマイクを通して言うと、観客からぱらぱらと拍手が起こった。

「この曲、だいぶ前に書き上げて、デモ作ってバンドで練習してたんですけど、タイトルだけがなかなか決まらなくて。林には、『もう無題でいいからライブでやろうぜ』なんて、詰め寄られたりもしてたんですけど」

林がドラムスティックを回しながら、笑みを浮かべるのをわたしは見た——この事実が、あとで意味を持つことになる。

ひと呼吸置いて、古坂のMCは続く。

「ライブを終えた帰り、道端で野良猫が死んでいたので、二百メートルくらい先の河原に埋めて、手を合わせているときに『さよならの音』というタイトルが下りてきたんです――」

その瞬間だった。

ライブハウスのフロアに、強烈な打撃音が響き渡った。

オープン・リムショットだ、とわかった。スネアドラムを叩く際、同時にスティックをリム――ドラムのふち――に打ちつける奏法で、普通に叩く場合と比べて甲高く強い音が出る。林はそれを、左右のスティックで力いっぱい鳴らしたのだ。

バンドメンバー、観客、スタッフに至るまで、会場にいる人の視線がいっせいに林に集まる。林はドラムスローン――ドラム演奏時に座る椅子――を蹴飛ばす勢いで立ち上がると、スティックを乱暴に投げ出してステージを下りてしまった。

突然の事態に、誰も反応できない。メイタイのほかのメンバーも固まっている。

林は出演者が使う控え室に引っ込み、数秒後に再び姿を現したときには、自分の荷物であろうボディバッグを身に着けていた。そしてステージを振り返ることなく、レジェンドの出入り口へと向かう。

「おい、陽介！」

われに返った古坂が声を上げるも、林は足を止めない。ドアを開き、そのまま外へ出ていってしまった。

しんとしていた会場が、しだいにざわつき始めた。何が起きたのか、誰にもわからない。ただひとつ言えるのは、林はどうも腹を立てていたようだ、ということだった。スネアを力まかせに叩いたのも、ライブを放棄してライブハウスを出ていったのも、激しい怒りから生じたとしか考えられない行動だった。

　残るメンバーだけで演奏ができるはずもなく、メイタイはライブを中止せざるを得なかった。彼らがトリだったので、観客は困惑しつつレジェンドから引き上げていった。

　ステージ上やフロアのあちこちで、スタッフが片づけを始める。古坂が林を捜しにいくと言ってレジェンドを出ていき、わたしは残された二人のメンバー、村越と松木に声をかけた。

「ねえ。いったい何があったの」

　彼らが答えを持たないことは、その表情が物語っていた。

「おれたちにも、何が何だかさっぱりですよ」

「さっきから何度も陽介に電話をかけてみてるんだけど、全然出てくれなくて……」

　村越は眉を八の字にしている。

「林くん、怒ってるように見えたけど。いままでにもこういうことはあったの」

「まさか。あいつ、普段は至って温厚ですよ。かんしゃく起こして人に迷惑かけるようなやつじゃない」

「だけど、現に今日は出ていったわけでしょう」

「それはそう、ですけど」

松木が言葉に詰まる。

「よくわからないけど、バンドの危機なのかもしれないね。何が起きたのか、把握しておいたほうがよさそう」

「ああ、それなら」村越が、思い出したように手を叩いた。「あたしたち、ライブの模様を撮影してたんです。あれを見れば、何で陽介が怒ったのかわかるかも」

そこでわたしたちは、フロアの後方に設置してあったカメラのもとへ向かった。録画した映像をモニターで再生し、問題のMCの場面まで進める。

《……林には、『もう無題でいいからライブでやろうぜ』なんて、詰め寄られたりもしてたんですけど――》

「ちょっと、一回止めて」

わたしの指示で、村越がカメラを操作した。映像が一時停止される。

「ここ、見て。林くん、笑ってる」

わたしが指差すと、ほかの二人はモニターに顔を近づけた。

映像で確認するまでもなく、わたしはこの目でじかに見ていた。唐突なリムショットの直前まで、確かに林は笑っていたのだ。

「この時点では、林くんはまだ怒っていなかったってことだよね」

わたしの言葉に、ほかの二人も賛同する。

「これ以降で、林くんを怒らせる何かがあったんだね。注意してみよう」

映像を再生する。古坂の口が動き出した。

《ライブを終えた帰り、道端で野良猫が死んでいたので、二百メートルくらい先の河原に埋めて、手を合わせているときに『さよならの音』というタイトルが下りてきたんです――》

リムショットが響き渡る。村越が映像を止めた。

「……何か、気づきましたか」

村越の問いに、わたしも松木もかぶりを振るしかなかった。

林が笑顔を見せてから、リムショットまではごく短い時間しかない。そのあいだに、たとえば観客からヤジが飛ぶなどといった、林を怒らせるような出来事は認められなかった。それどころか、

「古坂くんのMCだけだよね。何かあった、と言えるとしたら」

どれだけ映像を繰り返し見ても、笑った林が怒り出すまでのあいだに、古坂がしゃべる以外のことは何ひとつ起きていないのだ。

「どういうこと？　林くんは、古坂くんの発言に対して激怒したの？」

「そうなりますね……なぜかはわからないけど」

松木が眉間に皺を寄せる。

半信半疑ではあったけれど、わたしはひとまず古坂の発言を書き出すことにした。近くにあった、ほかのバンドが配布していたフライヤーを拝借し、フロアに置かれたカウンターテーブルの上で記す。

書き上げたあとでもう一度映像を流して、一字一句間違いがないことを確かめた。フライヤーの裏には、以下の文章が並んだ。


〈ライブを終えた帰り、道端で野良猫が死んでいたので、二百メートルくらい先の河原に埋めて、手を合わせているときに『さよならの音』というタイトルが下りてきたんです〉


「つまり、この台詞から、彼が出ていった理由を突き止めるしかないわけね」

ボールペンの先でフライヤーをトントンと叩く。松木と村越が、首を縦に振った。

「林くんを怒らせる要素なんて、この言葉のどこにもない気がするけど……」

「同感ですね。見当もつきません」

松木が言い、村越も途方に暮れた様子を見せる。

だが、わたしは微笑んだ。

「安心して。こういうのに強い人、知ってるから」

きょとんとした二人をその場に残し、わたしはライブハウス内、ある人物のもとへ向かった。

「五味淵さん、出番ですよ」

後ろから肩を叩く。五味淵は振り向きざまに片方の眉を上げた。

「あ?」

「林くんが激怒した理由を突き止めて、メイタイを危機から救いましょう」

「何で俺がそんなことしなきゃなんねえんだよ。めんどくせえな」

露骨に嫌そうな顔をする。しかし、わたしは引き下がらなかった。

「予定していたライブが途中で中止になったんですよ。主催するライブハウス側にも、責任がないとは言えないでしょう。原因を明らかにし、その機会を設けられるとすれば、今日来ていたお客さんに説明する義務があるはずです」

「オンタマめ、理屈をこねくり回しやがって。バンドがケンカ別れでもして、取材が無駄になるのを防ぎたいだけだろうが」

図星だが、だから何だというのだ。それでレジェンドのマスターたる五味淵の責任がなくなるわけではない。

「いいから来てください。解かれるべき謎は、こちらで整理しておきましたから」

「わかったから、引っ張るなっつうの」

ギャーギャー言い合いながらわたしは五味淵を、松木と村越の待つカウンターテーブルへと連行していく。

そして、わたしたちはたったの一文から、林が激怒した理由を推理することになったのだ。

4

古坂の発言が林を怒らせたと特定するに至った経緯を話すと、五味淵はフライヤーに記された文章にじっと見入った。なかなか口を開こうとしないので、わたしのほうから考えを述べてみる。

「猫の死骸を埋めるという行為に腹を立てたんですかね。動物愛護的な観点で」

「道端で死んでいた野良猫をわざわざ埋めてやるというのは、どちらかと言えば称揚される行為だと思うがな」

「普通はそうかもしれませんけど、宗教的な意味合いを含みますからね。タブーだと感じる人がいたとしても、不思議ではないように思います」

「いや、それはないですね」

松木が口をはさんだ。

「陽介、子供のころに実家で飼っていた猫が死んでしまって、大泣きしながら庭に埋めたって話をしていたことがあります。あいつにとっても、猫の死骸を地中に埋めるのはきちんと弔っているという感覚だったはず」

「だけど、自分ちの庭に埋めるのと、どこぞの河原に埋めるのを同一視はできないでしょう。いまではペット霊園なんかもあるのに、河原に埋めるなんて、と怒ったのかも」

「野良猫をペット霊園に持ち込む人はいないだろう」

苦しい反論は、五味淵に一蹴された。しかしそのときわたしは、みずから口にした《ペット》という単語に引っかかっていた。

「そもそも、本当に野良猫だったんですかね」

「古坂がそう明言しているが」と五味淵。

「実際は、林くんが飼ってた猫だったんじゃないですか。それで、行方《ゆくえ》不明になったと思っていたら、古坂くんが勝手に埋めていたことを知って激怒した、とか」

「浩嗣の帰り道と陽介の家は、まったく別の方角ですよ。それに、陽介がいま猫を飼っているなんて話、聞いたことがない」

松木にあっさり否定されたが、わたしは食い下がった。

「自分が飼っているわけじゃなくても、知り合いのペットでかわいがっていたとか……林くんが古坂くんの帰り道を知っていたのなら、途中にその知り合いの家があることも把握できただろうし」

「古坂が野良猫だと言い、あまつさえ死骸を埋めている以上、飼い猫ではなく野良猫だと確信させる何かがあったと見るべきだろう」

五味淵は、飼い猫の可能性自体を切り捨てた。

「首輪をしてなかった、とか?」

村越のその発言は、私には安易なように思われた。

「家の中で飼っている猫なら、首輪をつけてないこともあるでしょう」

「むろん首輪もしてなかったんだろうし、ほかにも野良猫と考えられる理由があったんじゃないか。汚れていたり、毛並みがよくなかったり、な」

飼い猫に比べると、野良猫の寿命は驚くほど短いと聞く。健康状態に問題がある野良猫も多いだろう。

「あるいは、古坂は元からその猫が野良だと知っていたのかもしれない。帰り道でしばしば見かける猫だったから」

「ああ……それなら、埋めてあげようという気持ちになったのもうなずけますね」

とうとうわたしは、《実はペットだった》説を取り下げた。

五味淵はフライヤーを手にする。

「古坂は猫の死骸を抱えて、二百メートル先の河原へ移動した……」

「帰り道だから、二百メートル先に河原があることは知っていたんですね」

わたしが言い添えたところで、五味淵が思わぬことを言い出した。

「その間、機材はどうしてたんだ」

「機材、というと」

「オンタマ、おたくなら猫の死骸をどうやって運ぶ？　普通、片手にぶらさげたりはしないんじゃないか」

想像してみる。心情的には、両手で抱えてあげたい気がした。

「ところが古坂はライブ終わりだった。ギタリストなんだから、ギターとエフェクターボードは必須だろう」

実際、今日のライブでも古坂の足元にはエフェクターボードが置かれていた。

「でも古坂くん、自分のライブだとは言いませんでしたよ。人のライブに行った帰りだったのかも」

「それなら《ライブを終えた帰り》とは言わないさ。自分の出演したライブだったのは確実だ」

松木や村越もうなずいている。

「古坂はエフェクターボードで片手がふさがった状態だった。そこに、猫の死骸を運ぶ必要が生じた。さて、エフェクターボードはどこに置いておく？　二百メートル先の河原まで行って猫を埋めるあいだ、そこらに置きっぱなしだったというのではいくら何でも不用心すぎるな」

「そういう場合であれば、やむを得ず片手で死骸を持つこともあるんじゃ……」

言いかけたところで、松木が根底から覆すようなことを言った。

「浩嗣は、車に乗ってたんですよ」

「え。古坂くん、車持ってるの」

わたしと同じ二十三歳で車を所有しているとは意外だったが、松木はそうなんです、と応じた。

「あいつ、機材を運ぶのに使いたいからって、なけなしの貯金はたいてマイカー買ったんですよ。まだ納車してひと月かそこらの新車です。ハッチバックの、そんなに高くないやつですけど」

マイカーなんていいなあ、と内心うらやみつつ、わたしは五味淵に向き直った。

「車なら機材の心配はいりませんね。死骸も車に乗せて運べばいいんだから」

ところが、五味淵は納得しなかった。

「買ったばかりの新車に、猫の死骸を乗せるだろうか」

「そんなの、人によりけりでしょう。乗せたくないという人もいるとは思いますけど、古坂くんがそうなのかは本人に訊いてみないとわからない」

考えるだけ無駄だ、という抗議のつもりだった。けれども五味淵は、わたしを無視して松木に問う。

「ライブを終えた帰りってことは、夜遅くの出来事だな」

「いつも、ライブのあとは打ち上げをしますからね。夜中も夜中、一時は過ぎていたんじゃないかと」

「車で来てる人もいるのに、打ち上げするの」

わたしがつっつくと、松木はむっとした。

「浩嗣はノンアルコールですよ。あいつ、元々酒弱いから」

余計な一言だったようだ。わたしは口を閉じた。

「道端で、と言うくらいだから、猫は車の通行の邪魔になるような場所で死んでいたわけじゃないんだろう。にもかかわらず、夜中に猫の死骸がちゃんと見えたってことは、そんなに広くない道を、速くないスピードで走っていたものと思われる。大通りではなく、路地などを走っていたんじゃないか」

五味淵は言う。断言できるはずもないが、一定の説得力はある。

「そこで古坂は猫の死骸を見つけて車を降りた。深夜で、車通りは少ない。そのうえ彼は、二百メートルも行けば河原があることを知っていた。少しくらい、車を駐《と》めておいてもいいか——そう考えたとしてもおかしくはない」

自分ならどうするだろう。新車に猫の死骸を乗せて、二百メートルの距離を運ぶだろうか。それよりは、機材を乗せた車を駐め、死骸だけ抱えて河原に向かう気がする。そもそも二百メートル先の河原というのが、車で近づける場所ではなかった可能性もあるのだ。

五味淵の言葉は、明らかに何かしらの結論を目指し始めていた。

「車を駐めたまま、猫だけを抱えて河原へ向かう。突然の事態だ。猫を埋める穴を掘るための、シャベルなどの道具はない。手か足か、せいぜいそこらに落ちている石やなんかで掘るしかなかっただろう。それなりに時間がかかったんじゃないか」

「移動時間も含めて、車のそばを離れたのは二、三十分といったところでしょうか……その間、車は置きっぱなしだったわけですね」

「ああ。そして、その車が誰かにとって邪魔になったんだ」

「ちょっと待ってください」

わたしは慌てて話を止めた。

「二、三十分も同じところに車を置いてたら、邪魔になることもあるとは思います。でも、何の根拠もなしに言いきるのは……」

「ところがあるんだよ。その根拠が、な」

五味渕は不敵な笑みを浮かべている。

「あるって、どこに？」

「古坂は猫を埋め、手を合わせた。そのとき、何が起きた？」

わたしは例の一文に目を通して答える。

「曲のタイトルが思い浮かびました」

「じゃあ、そのタイトルとは何だ」

これにはメンバーを代表して村越が答える。「『さよならの音』です」

「なら、古坂はそのとき耳にしたんだろう。さよならの音、と呼びたくなるような、何らかの音を」

単純な理屈だ。これはそのとおりだろう、と思える。

「何の音を聞いたのか、知ってる？」

わたしは二人のメンバーに訊ねてみたが、否という答えが返ってきた。村越が語る。

「あのMCの内容は、あたしたちにとっても完全に初耳だったんです」

「言うまでもないが、重要なのはタイトルだけで、曲の歌詞やその他の内容は問題にならない。曲自体は、タイトルが浮かぶよりもずっと前に書き上がっていたそうだからな」

五味淵の発言に、メンバーも異を唱えない。

「古坂は埋めた猫に手を合わせている最中に何らかの音を聞いて、『さよならの音だな』と思ったわけだ。じゃあ、彼はいったい何を聞いたんだろうか」

わたしはあごに手を当て、考えた。

「聞いただけで、『さよならだな』と思える音……五時のチャイムとか聞くと、子供のころの習性でいまでも帰らなきゃって思っちゃいますね。あの、『遠き山に日は落ちて』」

おそらく全国共通ではないのだろうが、わたしの地元では、五時になるとどこからともなく『遠き山に日は落ちて』が聞こえてきた。ドヴォルザークの交響曲第九番『新世界より』の第二楽章のメロディに、日本人が歌詞をつけたあれだ。

屋外で鳴る音なので、いい線を突いたのではないかと思った。しかし、松木は違うだろうと言う。

「深夜ですからね。チャイムが鳴ることはなさそうです。このところ、どこかで誤作動があったという話も聞かないし」

「そっか。うーん、ほかに何があるかな……」

迷走し始めたわたしを正しい道へ戻すべく、五味淵が口を開いた。

「単体で『さよならの音だな』と感じるような音だったとしたら、最初から『あの音が聞こえた瞬間にタイトルが浮かんだ』と言えばいい。何も、深夜に猫の死骸を埋めた話なんてすることはないんだ」

それはそうだ。いや、猫を埋めて手を合わせた瞬間というのはそれなりに特殊な状況だから、説明したっていいとは思う。ただ、ライブのMCで必要もないのにそんな話をされたら、多少盛り下がるように感じる人も中にはいるだろう。話さないで済むのなら話さないに越したことはないエピソードだというのが、わたしの個人的な感想だ。

それでも古坂は、あえてMCにその話題を選んだ。

「なぜ、古坂はあんな話をしたのか。それは、猫を埋めたという前置きがなければ、『さよならの音』だと感じた理由を説明できなかったからじゃないか」

「んん、要するに猫の死骸を埋めたという状況でなければ、さよならだとは感じない音だった、ということですか」

「そのとおりだ」

五味淵は満足そうにうなずく。

「折しも古坂はさよならの、すなわち別れのさなかにあった。相手はもちろん、死んだ野良猫だ。彼は死骸を埋めてあげただけでなく、弔いの意を込めて合掌していた。そのときに聞いたからこそ、『さよならの音だな』と思ったんだ」

「で、つまるところその音って何なんですか」

「まだわからないのか？　あるだろう、死者を見送るときに、合掌しながら聞く音が」

なおも首をかしげるわたしに、五味淵が根気強く続けた。

「もうひとつ、ヒントをやる。思い出せ。これは、古坂の車が邪魔になったことの根拠についての話なんだ」

それで、わたしもようやく思い至った。

「出棺の――」

五味淵は、ニヤリと笑った。

「長く響くクラクションの音を、古坂は聞いたのさ」

5

路上に駐められた古坂の車は、別の車の邪魔になっていた。それで、クラクションが鳴らされたのだ。

「……いや、でも」

決めつけるのは早いとばかりに、わたしは反論する。

「クラクションが鳴ったと仮定することに異論はありません。でも、そのクラクションが古坂くんの車に対して鳴らされたとは限りませんよね」

五味淵は、目を細めた。

「出発点を忘れるな。これは、古坂の発言を林がどう解釈したかという問題なんだ。それが事実かどうかは二の次だ」

「ああ……そうでした」

「クラクションが古坂の車とは無関係に鳴らされた、その反証を挙げることなど俺にはできん。しかし、無関係だと考えたらそこで話は終わる。少なくとも林はそうは思わなかったという前提で、ここは議論を進めるべきだ」

例の一文から引き出せるいかなる情報も、古坂と切り離して考えることに意味はないとする論法だ。強引な感じがしないでもなかったが、五味淵がすでにひとつの答えを見据えている気配を感じていたので、ここはしたがっておくことにした。

「わかりました。クラクションが、古坂くんの車に対して鳴らされたものとして」

それでもまだ、疑問は残る。

「だとしたら、古坂くん、『さよならの音だな』なんて思ってる場合じゃなかったんじゃないですか。きっと、泡食って自分の車のもとへ駆け戻ると思うんです。そうなったあとで、思い返して曲名を決めたというのならまだわかりますけど、手を合わせている最中にクラクションを聞きながら曲名を考えていたというのは、ちょっと呑気《のんき》すぎませんか」

「どうかな。二百メートルは意外と遠いぞ。自分の車に対して鳴らされたものだと、ただちには気づけないかもしれない」

「そうでしょうか。車の通行自体が少ない深夜ですし、路上に駐めたという負い目があれば、普通はまず自分の車のせいだと思うのでは」

　すると五味淵は突然、意見をひっくり返した。

「そうだな。俺も同じように考えた」

「えっ。じゃあ、やっぱりこの説は間違っているのでは……」

「慌てるな。俺はそこから、次のように推理を進めたんだ――古坂は自分の車がクラクションを鳴らされるわけがないと確信していたのでないか、とな」

だから古坂はクラクションの音を聞いても平然としていられた、という理屈だ。

わたしは目をむいた。

「わたしたちは、クラクションを鳴らされたという前提に立っているんですよ。なのに古坂くんがそんな確信を抱いていたと考えるなんて、矛盾してます」

「落ち着けって。クラクションを鳴らされるわけがない、とドライバーが確信できるような路上駐車の方法と聞いて、おたくはどんなものを思い浮かべる?」

自分で車を運転しないわたしは、しばし考え込んだ。

「しっかり路肩に寄せて駐める、ですかね。ほかの車がじゅうぶん通れる幅を空けて」

「路上に駐車する必要ができたら、まずたいていの人間はそうするだろうな」

「でも、それだと古坂くんの車はクラクションを鳴らされませんよね」

「古坂もそう思っていたんだ。にもかかわらず、実際には鳴らされたとする。どういう状況なら、そんなことが起こりうるだろうか」

「うーん……車の往来の邪魔にはならないのに、クラクションを鳴らされる状況なんてあるんでしょうか……」

そのとき、松木が声を上げた。

「わかった。駐めてある車の邪魔になったんですね」

「としか考えられないな」五味淵は腕組みをした。「古坂が寄せて駐めた車は、道路に面した建物の車庫、または駐車場の出入り口をふさいでしまったんだ。そして、そのせいで車を出せなくなったドライバーが、近くにいるかもしれない路上駐車のドライバー、すなわち古坂を呼び戻す目的で、クラクションを長めに鳴らした。それが、出棺の音に似たってわけだ」

想像してみる。古坂は車を路肩に寄せた。そこには一戸建ての民家があり――集合住宅よりは、戸建てのほうが出口をふさぎやすいだろう――古坂の車は車庫の出入り口の真ん前に駐められた。昼間なら、避けたに違いない。けれども時刻は深夜一時を過ぎている。車庫のシャッターや門が閉まっていたのなら、まさかこの時間に中の車を動かすことがあるとは思われない。当然、ドライバーたる住人の姿も見当たらなかったのだろう。それで古坂は問題なしと判断し、車を降りた。あるいは暗い夜道のこと、車庫があることにすら気がつかなかったかもしれない。

そういう状況なら、古坂がクラクションを耳にしながら、他人事だと判断することもありうる気がした。だから古坂は車へ戻ることもなく合掌し続け、さらには新曲のタイトルを決めたのだ。

古坂のたったあれだけの発言から、何が起きたのか、いや何が起きたと解釈しうるのかがずいぶん見えてきた。わたしは議論の出発点に立ち返る。

「林くんが古坂くんの発言に対して激怒したのは、古坂くんの車に車庫をふさがれたせいで、自分の車を動かせなかったから？　その迷惑駐車の犯人が古坂くんだったと、ＭＣの途中で知ったからですか」

「いや、それはないだろう。新車とはいえ機材を運ぶのに使っていたのなら、メンバーの林も古坂の車を見たことくらいあったはずだ。MCを聞いて初めて古坂の車だったと知った、というのはおかしい」

　五味淵の肩を、松木も持つ。

「さっきも言ったけど、浩嗣の帰り道に陽介の家はありません。だいいち、陽介は車を持ってない」

「ということは、だ。林は、自分以外の誰かが車を動かせなかったのが、古坂のせいだったことを知って激怒したわけだな」

　話の流れからはそうなるが、

「自分の体験ならまだしも、ほかの誰かが迷惑をこうむったのだとしたら、さっきのMCを聞いただけで即座にピンとくるものでしょうか。わたしたちは、これだけ議論を重ねてようやくたどり着いたのに……」

　わたしにはそれが信じがたいことのように思われた。しかし、五味淵は平然と返す。

「俺たちと林では、あらかじめ把握している情報量が違ったんだろう。林は古坂の帰り道に知人の家があることも、その知人が当夜、見ず知らずの車に車庫をふさがれて車を出せず、クラクションを鳴らしたことも知っていたとしたらどうだ」

なるほど。それなら、あの一文だけで察することはできたかもしれない。

「迷惑駐車のせいで知人が車を出せなかった。それで腹を立てるのはわからなくもないですけど、ライブを放棄してライブハウスを出ていくほどのことでしょうか。自分が被害に遭ったわけですらないのに」

「考え方が逆だよ。車を出せなかったことが、取り返しのつかない結果をもたらしたと見るべきなんだ」

「取り返しのつかない結果、というと……」

「車を出せないことによる時間の遅れで、何かに間に合わなくなった。あるいは、その遅れがきわめて深刻な事態を招いた」

たとえば、と前置きして、五味淵は続けた。

「交通事故を起こした人の発見が遅れた、とかな」

息を呑《の》んだ。わたしはメイタイのライブ本番前、五味淵に、林の弟の圭介が事故を起こした話をしたのだ。

そうか、と松木が暗い顔でつぶやく。

「『さよならの音』が今夜のライブで初披露される予定だったことからもわかるとおり、浩嗣が『タイトルが決まった』とメンバーに知らせてきたのは、前回のライブよりもあとでした。つまり浩嗣の言う『ライブを終えた帰り』というのは、前回のライブの晩を指していることになりますけど……」

「重なるね。圭介くんが事故を起こした夜と」

わたしがメイタイを取材したのは一週間前の日曜日だった。彼らはライブ出演の翌日であり、なおかつ林は前夜の弟の事故のため取材に来られなかった。古坂が猫を埋め、新曲のタイトルを決めたのと、圭介が事故を起こしたのは同じ夜の出来事で間違いない。

「古坂くんの迷惑駐車がなければ、弟の事故はもっと早く発見されたはずだった――林くんは、そう考えたんですね」

「ここまでの議論が正しければ、そういう結論になるだろう」

「事故の第一発見者は、圭介くんの彼女の、知絵美《ちえみ》ちゃんだったって聞きました」

村越が補足する。わたしも取材の日に古坂の口から、「事故に遭った圭介くんを発見した、圭介くんの彼女」と聞かされた。

五味淵が、あらためて当夜の状況を整理する。

「知絵美という名の女性はその晩、恋人の林圭介に会いにいこうとしていた。ところが迷惑駐車のせいで車が出せず、近くにドライバーの姿も見当たらない。呼び戻そうとクラクションを長く鳴らしたものの、ドライバーが現れる気配はなかった。やむなく彼女は別の手段で、つまり歩くなりタクシーに乗るなりして、圭介のいる場所へ向かった。そして、事故を発見した」

凍結した路面でスリップしたことによる単独事故で、圭介の発見は遅れた。そのことが多量の出血につながり、重症化してしまった——圭介の出血がひどかったらしいことも、わたしは古坂から聞いて知っている。

「彼女は話すだろう。あの迷惑駐車さえなければ、もっと早くに恋人を発見でき、ここまで容態が悪くはならなかったかもしれないのに、と。林はそれを聞いて、突き止めようもない迷惑駐車の主に怒りを覚えていた。そうしたところに今回、犯人が古坂だったことが、彼のＭＣによってたまたま判明したわけだ」

林は病院にて、短くはない時間を知絵美とともに過ごしたはずだ。とりわけ事故にまつわる会話は多く交わされたことだろう。ならばその中で知絵美が、迷惑駐車の一件に触れないほうが不自然だ。

「だとしたらまあ、褒められたことではないが、仕方ない気もするな。頭が真っ白になり、ライブを放棄してどこかへ行ってしまうというのも」

五味淵が、ライブハウスのマスターという立場から締めくくる。林に対して同情する空気が、わたしたちのあいだに満ちた。

「でも、知絵美ちゃんはどうして、そんな時間に圭介くんのもとへ行こうとしたんですかね」

沈黙が気詰まりで、わたしは頭に浮かんだ疑問を口にしてみた。

「これはあくまでも推測だが、俺は知絵美が何らかの事情により、圭介の緊急事態を察知したのではないかと考えている」

「どうして？」

「まず、知絵美は古坂の顔を見知っていた。にもかかわらず、迷惑駐車の主を特定できなかった。これは、知絵美があの晩、古坂を目撃しなかったことを意味している」

わたしは取材の日に古坂から、圭介が知絵美を連れてよくライブに来ていたことを聞いている。メイタイがレジェンドでライブしていた関係で、五味淵もそれを把握していたのだろう。

「だから俺はさっき、知絵美は迷惑駐車の主が戻るのを待つことなく、自分の車以外の手段で圭介のいる場所へ向かった、と判断した。迷惑駐車が動かされるのをちらりとでも見ていたら、ドライバーが古坂であると知りえたはずだし、その事実を林に伝えたに決まっているからな」

「メンバー仲を案じた知絵美ちゃんが、古坂くんをかばった可能性はありませんか」

「きわめて低い。だとしたら、迷惑駐車の一件自体、黙っておくだろう」

納得できたので、先に進んでもらう。

「知絵美は迷惑駐車の主が戻るのを待たなかった。しかし、なぜ？　さっきも議論したとおり、古坂が車のそばを離れていたのは二、三十分だったと思われる。最長でも三十分――迷惑駐車を発見するタイミングが遅ければ遅いほど短くなる――待てば、迷惑駐車はいなくなっていたはずなんだ。女性が深夜に車にも乗らずひとりで外出するリスクを考慮すれば、そのくらいは待ってみるんじゃないか。万にひとつ、恋人と深夜に約束をしていたのだとしても、『迷惑駐車のせいで遅れる』と連絡すれば済む話だからな」

「つまり五味淵さんは、知絵美ちゃんが急いでいたから、古坂くんが戻るのを待っていられなかった、とにらんでいるわけですね」

「そうだ。彼女がそんな時間帯に急いでいたんだとしたら、恋人に何かが起きたことを察知したからとしか考えられない」

ややこしい説明を終えたところで、五味淵はひと呼吸置いて続けた。

「前置きしたとおり、これはあくまでも推測だ。想像で補った点が多いから、断定はできん。知絵美は古坂を目撃したものの、暗くて認識できなかったのかもしれない。急いでいたわけではないがせっかちな性分で、古坂が戻るのを待とうとしなかったのかもしれない。穴はいくらでもある。ただ、もっとも可能性が高い説として話したまでだ」

　これで当夜の関係者の行動について、推論が出そろった。それらが正しいのだとしたら、古坂の軽率な行動が招いた悲劇と言えるが、彼もまさかこのようなことになろうとは、想像もできなかったに違いないのだ。林の激烈な怒りに、古坂はどういう態度を示せばいいのだろう。古坂の罪は、それほどまでに重いものなのだろうか。わたしは何だかやりきれない心地がした。

「メイタイ、どうなっちゃうのかな」

　わたしのつぶやきに、二人のメンバーが反応する。

「圭介くん、いまも意識不明の状態が続いてるって聞きました。このまま回復しなければ、陽介が浩嗣を許せなくてもしょうがないと思います。おれなんかには、とてもじゃないけど口出しできない」

「浩嗣のいないメイタイは考えられないし、かと言って陽介もなくてはならない存在だから、二人が決裂したら解散するしかなさそうです。あたしも残念だけど……」

　暗いムードが漂ったところで、五味淵が手をパンと打ち合わせた。

「落ち込むのは早い。俺の推理が正しいかどうかは、林本人から話を聞いてみるまで何とも言えん。まあ、あいつはスネアを置いて出ていったから、じきに戻ってくるだろう」

　わたしはステージのほうに目をやる。そこにはいまも、林がリムショットを鳴らしたあのスネアドラムがセッティングされたままになっていた。どうせ戻ってくるのなら彼が怒った理由について議論する必要もなかったのでは、という考えは、その議論の言い出しっぺたるわたしからは口が裂けても言えなかった。

　それからわたしたちは十五分ほど、言葉少なに林の帰りを待った。やがてレジェンドのドアが開かれ、古坂と林が姿を現した。

　スツールに腰を下ろしていた村越と松木が、そろって立ち上がる。

「陽介」

「……ごめん、みんな」

　林はメンバーに深々と頭を下げ、次いで五味淵にも同じようにした。

「ご迷惑をおかけして、本当にすみませんでした」

　五味淵はタバコの煙を吐き出しながら言った。

「もう、落ち着いたのか」

「はい……バイク事故を起こした弟のことで、ちょっと古坂にキレてたんですけど」

　わたしは五味淵と目を見合わせる。古坂は林の数歩後ろで、ばつの悪そうな表情を浮かべていた。

「ついさっき、電話があって」

林のその声が、明るい響きを含んでいるように聞こえて、わたしは訊き返した。

「電話？」

「母親からでした――弟が、病院で意識を取り戻したそうです。後遺症の心配もなさそうとのことでした」

その報告に安堵し脱力したのは、わたしだけではあるまい。村越と松木は手を取り合って喜び、五味淵もタバコをくわえた唇の端をほんの少し持ち上げていた。

6

それからわたしたちは、何があったのかを林に説明してもらった。五味淵の推理は、ことごとく的中していた。

「MCを聞いた瞬間に、知絵美ちゃんの家の車庫をふさいでいたのは浩嗣の車だったんだって気づいて。浩嗣の帰宅ルート上に、知絵美ちゃんの家があるのは知っていたから。感情を抑えきれなくなって出ていっちまったけど、冷静に考えたら、悪いのは事故を起こした圭介なんだよな」

林は申し訳なさそうにしている。古坂が、そんなことはない、と言いながらかぶりを振った。

知絵美が事故を発見した経緯は次のようなものだった。事故を起こした直後、圭介は必死で誰かに助けを求めようとし、自身のスマートフォンから履歴をたどって知絵美に電話をかけるも、そこで力尽き意識を失ったらしかった。知絵美は電話に出たものの、受話口から圭介の声は聞こえてこない。不審に思ったが、耳を澄ますとときおり、とあるコンビニエンスストアの入店と退店を知らせるものとして聞き覚えのあるチャイムが聞こえてきた。圭介が単独事故を起こしたのは、自宅からほど近いコンビニの真裏だったのだ。

知絵美は圭介のスマートフォンがコンビニの近くに落ちていることを悟り、嫌な予感がして現場へ向かおうとした。けれども古坂のせいで車を出せず、やむなく徒歩で出発したのだという。車なら所要時間十分のところ、四十分かかってたどり着き、そこで血まみれで倒れている圭介を見つけた。

搬送先の病院にて圭介の緊急手術を担当した医師は、発見があと三十分早ければここまでひどくはならなかったかもしれない、と話した。それを聞いた知絵美は迷惑駐車に対する恨みの念を、圭介の兄である林に洩らした。それが、今回の騒動に結びついたわけだ。

古坂が沈痛の面持ちで語る。

「野良猫を埋めてあげて、いいことをしたつもりだったんだ。よその家の車庫をふさいでしまっていただなんて、今日までまったく気づいていなかった。本当に悪いことをしたよ。圭介くんに万が一のことがあったら、悔やんでも悔やみきれないところだった」

古坂がレジェンドを出ていった林に追いついたとき、林はちょうど母親と電話をしている最中だった。弟の回復を知ったことで冷静になった林は、古坂にライブを放棄した理由を説明したのだという。その瞬間、古坂は路上で土下座して謝罪したそうだ。

「もういいって。こっちこそ、悪かった」

林の発言のとおり、二人の和解はすでに成立している。メイタイの活動は、これからも続いていくだろう。わたしの書いたコラムは無駄にならない。圭介が回復したという吉報に比べれば本当に些細《ささい》なことだけど、よかったと思った。

「それにしても五味淵さん、今回もすばらしく冴《さ》えてましたね。あれだけの発言から、真相を導き出してしまうなんて」

わたしが労《ねぎら》うと、五味淵はカウンターに寄りかかって紫煙を吐きながら、照れ隠しのような笑みを浮かべた。

「どんなに小さな音にも、しっかり耳を傾ける。今回は、まさしくその言葉のとおりになったたな」

「ええ。五味淵さんらしい、見事な推理でした」

「ま、俺は普段から歌詞を書いてて、短い言葉にたくさんの意味を詰め込むことには慣れっこだからな。その反対に、短い言葉から意味を読み取るのも得意だったのかもしれない」

「あ、そうですね……」

反応に困る。《好きさベイベー、ヒェア》のどこに、わざわざ読み取る価値のある意味が詰め込まれているというのだろう。

「おお、オンタマもそう思うか。そうだよな、だてに歌詞書いてないもんなあ」

しかし五味淵は上機嫌で笑い、タバコをぷかぷかくゆらせている。わたしが《そうですね》の五文字に込めた感情さえ、彼はこれっぽっちも読み取ってくれないのだった。

track 5 ミュージック・ウィル・ゴー・オン

1

前方から照らされた白いライトに、わたしの目はくらむ。

釣り上げられた魚のように、心臓が暴れている。観客は静まり返り、ステージに向けられた眼差しは音楽を渇望しているようでもあり、わたしたちを試すかのようでもある。

背後にいるドラマーの、左右のスティックを打ち鳴らす四カウントが聞こえる。わたしはベースの弦に乗せた右手の人差し指を手前に弾き、ゴッパーと呼ばれるマイクに歌声をぶつけた。

演奏は徐々にヒートアップする。すべての観客を揺らすには、わたしたちの力はまだ足りない。それでも一部の観客が、曲のリズムに合わせて体を揺らし、ときおり手を上げてわたしたちの演奏に応えてくれる。バンドと、観客が、溶け合うように盛り上がり、ライブハウスの中に熱気を生み出していく。

ああ——生きてる。

そんな、恍惚とした実感が、背骨のあたりを駆け上がる。バンド活動をするようになって初めて知った、ライブ出演以外のいかなる方法でも決して得られない悦《よろこ》びだ。

こんな世界に、ずっと身を置いていられたら。

音楽で、生きていけたら——。

そんな思いを、わたしはひそかに胸に抱いていた。

2

彼らと出会ったとき、わたしは大きな当たりを引いたと思った。

遠い憧れだったのもいまは昔、音楽雑誌ロック《R》・クエスチョン《Q》の編集部に就職してから、早いもので一年めが終わろうとしている。昨年七月に編集長の大久保祥一から命じられて始まった、無名だが将来有望なインディーズバンドを紹介するコラムの連載は、三月現在でも続いていて、わたしもだいぶ要領をつかんできたところだ。

そのコラムで取り上げるバンドを探すうえで大久保に教わったのが、下北沢にあるライブハウス、レジェンドだった。大久保とは旧知の仲だという、レジェンドのマスターの五味淵龍仁は、一見するとただの小汚くて感じの悪いおじさんだが、のちにブレイクするよいバンドを聴き分ける確かな耳を持っている。そんな五味淵のお眼鏡にかなったバンドが集まるということで、わたしはレジェンドに入り浸るようになった。

彼らと出会ったのは、まだレジェンドにかよい始めて日が浅い九月のことだった。その日、レジェンドではライブハウス主催の対バン企画がおこなわれていた。トリで出てきたバンドのアクトに、わたしは瞬く間に惚《ほ》れ込んだ。

四ピースロックバンド、『Je《ジュ》 suis《スイ》 musique《ムジク》』。フランス語で「私は音楽」を意味する不遜なバンド名とは裏腹に、繊細かつアグレッシブなギターロックを奏でていた。ダンサブルでありながらエモいサウンド、キャッチーでありながらどこかひねくれたメロディセンス、若いのに確かな演奏技術と、そのすべてがわたしを魅了した。

仕事で来ているという意識のあるわたしは初め、フロアの後方で、やや醒めたスタンスで彼らの演奏を聴いていた。それが三曲めを聴き終えるころには、最前列で腕を振り上げていた。ライブハウスが用意した彼らの持ち時間は一時間だったが、あっという間に過ぎてしまい、まだ足りない、もっともっと聴いていたいという焦燥にも似た感情がわたしを満たした。

「……最高」

ライブが終わり、わたしは右腕とふくらはぎに疲労を感じながら、呆然《ぼうぜん》としてつぶやいた。すると隣にいた女の子が、わたしに声をかけてきた。

「ムジクのライブ、初めてですか」

短い髪を金に近い明るい色に染め、揺らぎのない視線をこちらに向けている。黒のTシャツにデニムという服装は、無造作だけどさまになっている。片耳につけたアメジストのピアスが目を引いた。

「はい。今日、たまたま来ていて、それでこのバンドを知りました」

わたしが答えると、彼女はにこりと笑った。

「いいでしょう、ムジク。ボーカルの女の子、あたしの高校時代からの親友なんです。だからあたし、ライブには毎回足を運んでいて――」

次の瞬間、わたしは彼女の両肩をつかんでいた。

「紹介してください！　わたし、音楽雑誌の編集者なんです」

彼女は面食らいながらもムジクのメンバーに話をつけてくれ、わたしはその夜、充実した気持ちで帰路に就いた。帰り際、ムジクのことを気に入った旨を五味淵に伝えると、彼はニヤリとして「あいつらはものになるよ」と太鼓判を捺した。

こうしてわたしは翌週にはムジクを取材し、翌月のRQにそのコラムが掲載された。ただし、わたしや五味淵がいいと思うものを業界が放っておくわけもなく、彼らはすでにメジャーデビューが決まっており、コラムの掲載からわずか二ヶ月後、年の瀬にはデビューアルバムをリリースした。つまりわたしは完全に出遅れた形で、ムジクはもはやインディーズバンドではなかったのだが、わたしがいかにムジクを気に入ったかを熱っぽく訴えると、大久保は「今回だけだからな」と、特例としてコラムの掲載を認めてくれた。ムジクのデビューアルバムのセールスははっきり言って振るわなかったが、わたしは何の心配もいらない、彼らの魅力は遠からず世間に浸透するに違いないと考えていた。

ところが、である。デビュー直後の今年一月に、事件は起きた。

ムジクはデビュー前から、四人のバンドメンバー共同でとあるSNSのアカウントを運営していた。彼らの日常を切り取ったユーモラスな投稿や、誰とでも気さくに交流するスタイルがファンからは好評だった。

ところが一月某日の深夜、そのアカウントから突然、直前のライブで共演したバンドを中傷する投稿がなされた。

投稿はただちに拡散され、数十分後にはメンバーの手によって削除された。翌日、バンド側はアカウントの乗っ取りであったと説明し、正式に謝罪した。けれども投稿された時間が時間だけに、同じSNS上ではムジクのメンバーが酔った勢いで投稿したのではないかとの憶測も流れ、メンバーに対する疑いは完全には払拭されなかった。

そして、事件はそれで収束しなかった。わずか一ヶ月後、ムジクのアカウントから再び、別のバンドを中傷する投稿がなされたのだ。

二度めの投稿も速やかに削除されたものの、ムジクのSNSは炎上状態となった。バンド側は前回の投稿の直後に、アカウントのログインに必要なパスワードを変更するなどの対策を講じたにもかかわらず、防ぎきれなかったことを公表した。むろん、バンド側に手落ちはなかったと主張する目的だったが、それは取りも直さず乗っ取りが不可能であったことを示唆していたため、皮肉なことにメンバーによる投稿ではないかとの疑いをますます強めるという結果を招いてしまった。

こうなると当然、所属事務所やレコード会社が黙っていない。ムジクのメンバーは事務所に呼び出され、こっぴどく叱られたそうだ。事務所側はアカウントの閉鎖を勧告したが、メンバーは自分たちが無実であること、また当該アカウントがこれまでの活動においていかに有効に活用されてきたかを懸命に訴え、根負けした事務所はアカウントの継続を認めた。アカウントからは金輪際同じ騒ぎを繰り返さないためによくよく気をつける旨が投稿され、ファンはこの決断を歓迎した、のだが――。

翌月、三度めの中傷投稿がなされたのを受け、ムジクのアカウントは凍結された。

心配になったわたしは、ムジクのメンバーと会うことにした。

3

「……いま、何て？」

わたしは口元に運びかけたコーヒーカップを宙に浮かせたまま、愕然としつつ訊き返した。

「ですから、バンド、解散しようかと思っていて」

ムジクのギターボーカルであり、バンドのリーダーでもある浦賀渚《うらがなぎさ》は、悲しげな眼差しをわたしの手元に注ぐ。長く伸ばした黒髪がいまは、彼女の存在自体を周囲から鎖《とざ》しているかのようだ。

バンドの全楽曲の作詞を担当する彼女の、耳の奥に貼りつくような独特のボーカルと演奏中の凛《りん》としたたたずまいは、ムジクというバンドのフレッシュだが一癖あるイメージを体現している。メンバーの中で紅一点ということもあり、ときに浦賀渚のワンマンバンドとさえ言われるムジクだが、作曲はメンバー全員の共作であり、バンド名でのクレジットとなっている。

　下北沢の南口商店街にある、『不思議の国のアリス』の世界観を彷彿《ほうふつ》とさせる個性的な内装のカフェで、わたしはムジクのメンバー四人とともにテーブルを囲んでいた。浦賀の衝撃的発言にも、残る三人は異を唱えようとしない。解散は、すでにバンドのあいだで了承が得られているか、少なくとも議題に上がっているようだ。

「どうして解散なんて。まだデビューしたてで、これからってときじゃない」

　わたしが言うと、浦賀は眉を吊《つ》り上げてほかのメンバーをにらんだ。

「だってあの投稿、誰も自分がやったって認めないから。あたし、めちゃくちゃ怒ってるんです」

「認めるも何も、オレはやってないっつうの」

　ギターの津崎修司《つざきしゅうじ》が浦賀をにらみ返す。彼の奏でるテクニカルなフレーズは、曲のイントロが始まるやいなや、聴く者をムジクの世界へ引きずり込む。すらりと背が高く、肩を少し丸めてギターを弾くステージ上の彼はわたしから見ても恰好よく、女性のファンが多いのだと聞く。

「おれも違う。違うから認めようがない」

ベースの佐久間基信《さくまもとのぶ》が続く。椅子の背もたれに半身をあずけ、黒縁眼鏡の奥の目からはうんざりしていることが伝わってくる。感情のにじみ出ない、機械のように淡々とした正確無比なプレーが特徴だ。

「右に同じく。そういう渚こそ、どうなんだ。打ち上げやバンド練習の場で、一番ほかのバンドの悪口を言うのはおまえじゃないか」

ドラムの鮫島亘《さめじまわたる》が切り返した。浦賀がその技術を見込んで、ほかのバンドから引き抜いたのだという。彼の刻むビートがいかなる若手バンドにも引けを取らないくらい安定しているからこそ、ウワモノの浦賀や津崎がのびのび演奏できるのだ。

「だから、あたしじゃないって言ってるでしょ！　ＳＮＳには書けないから、打ち上げや練習のときに発散してるんじゃないの」

ひとしきり、四人でギャーギャー言い争う。その燃え上がった炎が落ち着いたところで、浦賀がこちらを見てため息をついた。

「……とまあ、あれからずっとこんな調子で。顔を合わせるたび、やった、やらないの水掛け論で、メンバー仲が最悪なんです」

それで行き着くところまで行き着いた結果、解散するしかないと考えるようになったらしい。しかしわたしの目からは、そろいもそろって頭に血が上っているだけにしか見えなかった。

「みんな、冷静になってよ。いままで一度も、誰かを中傷するような投稿がなされたことはなかったんでしょう。なら本当に、アカウントを乗っ取られたんじゃないの」

「確かに過去、こんなことはなかった。それにあたしも、本心ではメンバーのことを信じたいです。だけど……」

浦賀が言いよどむ。ほかの三人もばつが悪そうにしていた。冷めかけのコーヒーをすすって、浦賀は再び口を開く。

「デビューアルバムが売れなかったことで正直、あたしたち気落ちしてました。売れてるバンドや人気のあるバンドが、これまで以上に妬ましくなっていたのは事実です。そんな気持ちを、メンバーの誰かがついSNSにぶちまけてしまったとしても、あたしは不思議だとは思いません」

結果が出なかったせいで心が荒《すさ》んでしまうのは、人間なら誰しも経験することだ。それ自体は仕方がない。ただ、そのような状況だったからこそ、メンバーは互いを完全には信じきれないようだ——自分だってやりかねなかった、と心の片隅で思わずにいられないのだろう。

「疑心暗鬼になるのはわかるけどさ……解散だなんて、結論が性急すぎる。まだ、何も解決してないんだよ」

わたしはなおもムジクのメンバーを説得しようとする。浦賀が両手でカップを包み、語り出した。

「あたしたち、一年くらい前からメジャーデビューに向けた活動をしてて。事務所からお金はもらえてたけど、生活するには足りないのに、バイトをする暇もないほど忙しくて。経済的に、かなり苦しかったんです」

あるミュージシャンが、インディーズで活動していたころよりもメジャーに移籍してからのほうが金銭面で苦しくなるというのは、しばしば耳にする話だ。たとえばインディーズの場合、CDは基本的にミュージシャンみずから制作し販売するため、製造や流通にかかる費用を差し引いても、売り上げのおよそ五十パーセントがミュージシャンの懐に入る。対してメジャーでは、実績の少ないミュージシャンだと、著作権印税がCDの税抜き価格の六パーセント程度、演奏者や歌唱者に支払われるアーティスト印税は一パーセント程度だ。著作権印税は音楽出版社や共作者、アーティスト印税は全演奏者で分け合うことになるから、CDがそれほど売れなければ、ミュージシャンの印税収入は微々たるものになる。CDだけではなく、音楽のダウンロード販売が一般的になって久しいが、その場合でも印税の割合の数字に大きな差はなく、近年普及してきたサブスクリプションサービスでもメジャーアーティストでは一万回再生されてようやく七十円程度のアーティスト印税が支払われるなど、厳しい状況が続いている。

もちろん、メジャーはそのぶんプロモーションにかける費用が莫大《ばくだい》なので、売れやすいことは間違いない。だが、そうしたプロモーションも空《むな》しく売り上げが伸びなければ、インディーズで活動していたころのほうが経済的に余裕があったという状況は容易に成立しうる。そのうえ浦賀の言葉にもあるとおり、インディーズではバイトなどほかの仕事と両立していたのが、メジャーに行った途端にバイトをする時間すら作れなくなってしまう、というケースもあるのだ。

「それでも音楽が好きだから、メジャーデビューは夢だったから、歯を食いしばってがんばってきました。だけどアルバムは売れなくて、それに追い打ちをかけるようにSNSのトラブルまで……もう、心が折れそうっていうか」

「もし一連の投稿が第三者の乗っ取りによるものなのだとしたら、あなたたちが解散すれば、犯人の悪意に屈することになるんだよ」

「だとしても、ですよ。あたしたちが活動を続けることを、憎んでる人がいるってことですよね。誰かに憎まれてまで、バンドを続ける意味って何なんだろうと思ってしまいます」

浦賀は嘆き、ほかの三人もうなだれている。まるでお通夜か葬式だ。わたしには、彼女たちを励ますことしかできない。

「負けちゃだめだよ。わたし、ムジクの音楽が大好きなんだ。こんなところで解散なんてされたら、悲しすぎる」

「お気持ちはうれしいですけど……」

暗い表情のままの浦賀に、気がつけばわたしは、大それた言葉をかけていた。

「わかった。じゃあ、わたしが何とかする」

これには、ムジクのメンバーも度肝を抜かれたようだ。

「何とかする……って?」

「あなたたちの知名度を高めるために、もう一度コラムで取り上げる。さらにほかのページでも特集できないか、編集長に掛け合ってみる」

「そんなことできるんですか。あのコラムって確か、無名のインディーズバンドを取り上げるっていう触れ込みですよね」

「それにアルバムのリリースも済んで、これといってトピックがない時期に、特集なんて組んでもらえるとは思えないんですけど」

浦賀に続き、佐久間も疑念を示した。けれどもわたしはすでに、引っ込みがつかなくなっていた。

「できるかもしれない。わたし、あなたたちの力になりたいの」

四人のメンバーは目を見交わす。わたしから押しつけられた厚意を、受け取っていいものかどうか判断しかねる様子だ。

浦賀はコーヒーカップを持ち上げ、中身が空であることに気づいてソーサーの上に戻した。動揺がうかがえる仕草だった。

「ありがたいお話ですけど、RQで取り上げられたからって売れるとは限らないし……それに、SNSの件が解決しないままでは」

「それも、わたしが解決するよ」

ここまで来たら、乗りかかった船だ。わたしが胸に手を当てると、鮫島が眉根を寄せた。

「解決するって、どうやって」

「当てがあるんだ。こういうのにうってつけの人を知ってるんだよ」

彼らは半信半疑、というか八割くらいの疑いと、二割くらいの希望をのぞかせた。

とにかく、と言ってわたしは椅子から立ち上がり、宣言する。

「ムジクが解散なんて、絶対に受け入れられない。わたしが、解散させないから」

こちらを見上げるメンバーの顔がぽかんとしていることなど、一向に気にならない。わたしは使命感に燃えていた。

4

「で、祥ちゃんは何て言ってんだ」

五味淵の問いに、わたしは下唇を突き出して答えた。

「『だめだ』って。取りつく島もありませんでした」

「だろうな」

五味淵は言い、タバコの煙を吐き出した。

金曜の夜、レジェンドのフロアでの一幕である。ムジクのSNSトラブルの件について相談するため、わたしは五味淵に会いに来ていた。五味淵はいい音楽を聴き分ける確かな耳を持つだけでなく、物事の奥に隠された真実を見抜く推理力も持ち合わせており、わたしはこれまで何度もお世話になってきたのだ。

「俺も祥ちゃんの対応が正しいと思う。ひとつのバンドをひいきして、RQを私物化するような真似は許されない」

耳が痛いことをのたまう。コラムや特集でムジクを取り上げる、とメンバーに啖呵《たんか》を切ったことについて、五味淵に話したところだったのだ。ちなみに祥ちゃんとはRQ編集長の大久保祥一の呼び名である。

「それは承知の上ですけど……何とか力になりたくて。ムジク、とてもいい音楽を作っていると思うから」

「いい音楽をやっているからって必ずしも売れるわけではないことくらい、オンタマだってとっくにわかっているだろう」

　確かにそのとおりだ。RQ編集部に勤め始めて一年に満たないわたしでも、質の高い音楽を奏でるミュージシャンが活動を休止したり、すばらしいバンドが解散したりするさまを見てきた。もっと売れていたら状況は違っていたのではないかと思われるケースも多く、RQにできることはなかったのか、と歯がゆく感じることもしばしばだ。

「これまでのわたしは、そうやって活動休止していくミュージシャンたちを、ただただ悲しい思いで見送ることしかできませんでした。でも、わたしも就職して一年が経ち、仕事にもだいぶ慣れてきたところです。コラムの連載だって、それなりに反響があった回もあるんですよ」

　聞いているのかいないのか、五味淵は煙の行方を目で追っている。

「わたしには、RQ編集者の肩書と、コラムという武器があるんです。だったらこれを活用しない手はないでしょう。もう、才能あるミュージシャンが志半ばで消えていくのを見たくはないんです」

「おたく、思い上がってないか」

「えっ」

突如、五味淵から放たれた言葉に、わたしは絶句した。

「偉くなったと勘違いしてないか、って訊いてるんだよ。まるで、自分の指先ひとつで音楽業界を動かせるとでも思っているみたいだ」

「わたし別に、そんなこと……」

五味淵は横目でわたしを一瞥し、再び煙へと視線を戻した。

「気づいてたか。おたく、無名のバンドのメンバーと話すときにはタメ口で、すでに売れてるバンドと相対したときには敬語を使ってるぞ」

指摘され、動揺してしまう。振り返ると、モノクロニシティなど実績のあるバンドのメンバーには一貫して敬語を使う一方で、自分のコラムで取り上げるバンドに対しては、砕けた口調になることが多かった。

いや、でも、と思い直す。わたしは反論した。

「売れてる売れてないで使い分けてたわけじゃありません。そもそも無意識でした。歳上か歳下か、打ち解けているかそうでないか、さまざまな条件によって言葉遣いが変わるのは当然のことでしょう」

「どうかな。反対に、おたくにタメ口を利いているバンドは見かけた覚えがない。

同世代のバンドメンバーとのあいだにあからさまな上下関係ができても、おたくはそれに違和感を抱きすらしなかったんだろう。無意識に、自分のほうが上だと思っていたから――売れてないバンドを、下に見てたから」

　頭がカッとなった。わたしは声を荒らげる。

「そんなことありません！　いいバンドだと思うから、コラムに取り上げるんですよ。敬意があるんです。下になんて見てるわけないでしょう」

「だけどおたく、何かっていうとすぐ、ＲＱの編集者を名乗りたがるじゃないか」

　返事に詰まった。思い返せば、ＲＱの編集者であるという自負を他者の前で示したことは一度ならずあったかもしれない。そうでなくても、「わたしはＲＱの編集者だから」と自分に言い聞かせたことはたびたびあった。

「ＲＱの編集者になったから、無名のバンドよりも上に立ったような気がしていたんだろ。自分のコラムに取り上げてもらえるバンドはラッキーだ、なんて思っていたんじゃないのか」

　どうしてここまで言われなければならないのか。歯噛みするわたしへの、五味淵の攻撃はあくまでも容赦ない。

「自分の力でミュージシャンを救えるなんて、そんなの思い上がり以外の何ものでもない。真剣に音楽やってるやつらに失礼だよ。おたくには、ムジクを救うことなんてできない」

その言葉でようやく理解した。五味淵は、怒っているのだ。彼もまたわたしと同じように、いやわたし以上に、素晴らしいミュージシャンたちが消えていくのを見送ってきたから。簡単に、救うなどと口にしてほしくないのだ。

彼の思いを知ったうえで、それでもわたしは、悔しさのあまり言わずにいられなかった。

「……五味淵さんは、ムジクが解散してもいいんですか。いいバンドだって、五味淵さんも認めてたじゃないですか」

「仕方ないさ。音楽で食っていくのは、本当に大変なことなんだ。本人たちが解散するって決めたのなら、さっさとそうさせてやったほうが、彼らののちの人生のためだ」

「ムジクが解散を選びつつあるのは、SNSのアカウントを乗っ取った何者かの悪意に屈したからなんですよ。そんなの間違ってる」

「乗っ取りかどうかもわからないんだろう。メンバーの誰かが投稿したんじゃないと、なぜ言い切れる？　活動に嫌気が差したものの脱退を言い出せず、バンドを解散させることを目論《もくろ》んだメンバーの仕業じゃないと、どうして言い切れるんだ」

「それならそうと、やめたがっているメンバーを脱退させればムジクは活動を継続できるはずです」

「あいつらの曲、作曲のクレジットはこれまですべてバンド名義だぞ。現メンバー四人全員の同意がなければ、著作権を行使できなくなる。著作権法上は、正当な理由がない限り拒めないはずだが、バンドを解散に導こうとするようなやつのことだ、どんな理由を持ち出して拒もうとするかわかったもんじゃない」

五味淵が悲観主義者であることはよく理解した。だが、だからといってわたしの邪魔をしてもらいたくはない。

「だめかもしれないけど、救えるかもしれないじゃないですか。ムジクを救いたいと思うのが、そんなにいけないことですか」

「バンドの知名度を上げるのにRQの力を借りて、SNSのトラブルを解決するのに俺の力を借りて、それで何もかもうまくいったら、おたくが手柄を独り占めするつもりなのか?」

いちいち突っかかるような言い方をする。とうとう、わたしの堪忍袋の緒は切れた。

「もういい! 五味淵さんなんか頼りません! バーカバーカ!」

わたしは五味淵の、ぼろ布みたいな服に包まれた腕を力いっぱいはたくと、走ってレジェンドをあとにした。

5

大学生のころ、といってもほんの一年ほど前までの話だが、わたしはバンド活動をしていた。

担当楽器はベースとボーカル。ベースを弾くようになったのは大学に入ると同時だったから経験は浅かったものの、メンバーにも恵まれてバンド活動にひたむきに取り組み、所属していた軽音楽サークルの中でも一定の評価を得ていた。ライブで会心の演奏ができたとき、オリジナル曲への反応がよかったとき、観客が盛り上がってくれたときの快感は、何ものにも代えがたかった。

バンドをやったことのある人間なら、誰しも一度は夢想するだろう。プロになれたら。バンドで食べていけたら。わたしもそうだった。自分の才能や努力に釣り合わないたいそうな夢を抱き、自分たちより人気のあるバンドに一丁前に嫉妬したりもした。サークルのライブイベントでトリの座をほかのバンドに奪われたとき、あるいはコンテストでサークル仲間のバンドが入賞したときなど、妬ましくて仕方がなかった。

だからRQを刊行する出版社に就職が決まったとき、はっきり言ってわたしはほっとした。サークルの誰もが読んだ憧れのRQの編集部に、わたしは採用された。プロのミュージシャンにはなれそうもないけれど、それに準ずるくらいにすごいことではないか。音楽を生活の糧にしていることに、変わりはないのだから。

実際、サークルの仲間はわたしを称賛し、もてはやしてくれた。そんな、音楽のプロを夢見ながらも就職の道を選ぶ仲間たちを見るたび、わたしは心のどこかで「わたしはRQで働くから。あなたたちとは違う」と思うことをやめられなかった。このうえもなく醜いけれども、彼らを下に見ることで、プロのミュージシャンにはなれなかった自分をなぐさめていたのだ。輝かしい経歴を持つミュージシャンに嫉妬し、勝手に傷ついた自尊心を、RQのおかげで正常に保つことができたのだ。

大学を卒業し、実際にRQ編集部で働き始めてからは、飴玉《あめだま》が口の中で溶けてなくなるように、そんな思い上がりも自然と消えたものと信じていた。だけど——。

五味淵の言うことは、正しかったのかもしれない。わたしは、無名のバンドを音楽的に評価する一方で、まだ何も成し遂げてはいない者として下に見ていたのかもしれない。だが、だからといってレジェンドに引き返し、五味淵に頭を下げる気になどなれない。

レジェンドから逃げ帰った日の夜、わたしはひとりで自宅近くの居酒屋に行き、酒を飲んだ。店を出て帰宅したのちも、アルコール度数高めの缶チューハイを飲み、気づいたらべろべろになって号泣していた。

翌朝、痛む頭を押さえつつベッドから起き上がり、鏡台の前に立つと、とても人には見せられないほどまぶたが腫れていた。土曜日で、これと言って予定もなかったのは幸いだった。冷たい水で顔を洗うと、頭の中が少しだけすっきりした。

醜い部分を認めよう。確かにわたしはこれまで、いろいろな人を下に見てきた。そうやって優越感に浸ることで、自分のプライドを守ってきた。恥ずべきことだ。大いに反省しなければならない。

だけど、ムジクは違う。わたしは彼らの音楽を心から愛し、彼らに敬愛の念を抱いている。彼らの解散を防ぎたい、そのための力になりたいという思いに嘘偽りはない。それだけは、自信を持って言える。

大久保も五味淵も協力してくれないとなると、わたしに何ができるかはわからない。それでも、手を尽くしたい。

わたしは鏡の中の自分を見つめて両手で頬をパチンとはさむと、すぐにスマートフォンを操作してムジクのメンバーに連絡を取り始めた。彼らを救いたいという思いは、五味淵の非難を浴びてしぼむどころかいっそう強くなっていた。

6

二週間後、ムジクのライブがおこなわれた。会場は、わたしとしては何とも気まずいことに、レジェンドだった。

ムジクはメジャーデビュー前、レジェンドを根城に活動していたが、デビュー後は事務所がスケジュールを掌握するため、それまでのように自由に出演することはできなくなったらしい。今回のライブはイベントを主催するレジェンド側から事務所を通じてオファーがなされ、出演が決まったとのことだった。

当日、開演前にレジェンドへ行くと、フロアの片隅で五味淵がタバコを吸っていた。わたしの存在が目に入らないことはないと思うが、何の反応も示さない。

罵倒して逃げ帰った以上、きまり悪くないはずはない。しかし、五味淵の非難は本質をとらえていたし、そもそもこれまで世話になってきたのはわたしのほうなのだ。頭を下げなければ、と思った。

わたしは意を決し、五味淵のほうへと足を向ける。心臓が早鐘を打った。

「あの、五味淵さ……」

ところが五味淵は、声をかけたわたしからぷいと顔を背けた。

めげそうになったが、関係修復は早いに越したことはない。五味淵が顔を背けたほうに回り込み、再度声をかける。

「五味淵さん」

ところが五味淵は、またしても反対側に顔を背けてしまった。

むらむらと怒りがこみ上げる。これが、不惑を過ぎた男のやることか？　わたしはちゃんと謝ろうとしているのに、聞いてももらえないというのか。

わたしは頰を膨らませ、きびすを返した。こんなやつと仲直りしよう、なんて殊勝に考えたわたしがバカだった。もう知らない！

ライブはつつがなく進行し、ムジクの出番になった。演奏は安定していたものの、どこか覇気がなく感じられた。問題が山積し、解散をも検討しているいま、ライブに身が入らないのは仕方のないことだろう。

終演後、わたしはメンバーに誘ってもらって、ムジクの打ち上げに同行することになった。

下北沢駅からほど近いビルの地下にある居酒屋のテーブル席には、四人のメンバーのほかに、事務所のマネージャーの男性ともうひとり、見覚えのある女の子の姿があった。わたしが隣の椅子に腰を下ろすと、女の子が話しかけてくる。

「音無さん。お久しぶりです」

彼女は名を石館亜美《いしだてあみ》という。わたしが初めてムジクのライブを観た日、わたしに声をかけてくれ、ムジクのメンバーを紹介してくれたのが彼女だった。今日もきれいに染まった髪の金色がまぶしい。

お久しぶり、と会釈しておいて、いったん注文した飲み物が届くのを待った。浦賀渚の発声で乾杯をし、決して明るいムードとは言えない打ち上げが始まったところで、あらためてわたしは石館のほうを向いた。

「相変わらず、ムジクのライブにかよってるんですね」

「はい。あたしにとって、渚はヒーローだから」

「ヒーロー？」

女性だからヒロインでは、などと揚げ足を取りたかったわけではない。その言い方に、何か特別な響きを感じ取ったのだ。

「前にもお話ししたとおり、渚とは高校の同級生です。当時から、彼女もあたしもギターを弾いて歌ってて、音楽を通じて仲よくなったんです。お互いに路上やライブハウスで演奏するのを聴きに行ったりもして、競い合うような気持ちもあったし、ともに戦ってるって意識もありました。あたしは渚の作る曲が好きだったし、渚もあたしの曲をいいって言ってくれた」

そうだったのか。石館はいかにも音楽をやっていそうな見た目をしている、とは思っていたが、わたしの見当は外れていなかったらしい。

「あたしはもう、最近はほぼ活動してません。プロを夢見たこともあったけど、あきらめました。でも、渚は活動を続けて、ついにメジャーデビューを果たしました。いまでは彼女こそがあたしの夢なんです。だから渚が活躍するところを、誰よりも間近で見ていたくて」

石館はあくまでわたしに向けてしゃべっていた。けれども狭いテーブル席で、いつの間にか場にいる全員が、彼女の語りに聞き入っていた。

「亜美……」

ぽつりと名を呼んだ浦賀の瞳は、潤んでいるようにも見える。
・場がしんみりしたのを見計らって、わたしは浦賀に向き直った。
「やっぱり解散なんてだめだよ。あなたたちの活躍を、これほど心待ちにしてくれている人がいるんだよ。活動を継続できるよう、ひとつずつ問題を解決していこう」

メンバーたちは互いに目配《めくば》せをする。直後、浦賀の顔つきが変わった。

「あたし、解散したくありません。音無さん、力を貸してください。お願いします」

彼女が頭を下げるのに合わせてほかのメンバーも、戸惑いながらも「お願いします」と口をそろえた。解散なんて、本心では誰も望んでいないのだ。一歩前進したように思われ、わたしは安堵した。

こんなときに、自分を大きく見せようとしてもしょうがない。わたしはまず、大久保に特集や二度目のコラムを却下されたこと、また五味淵の協力を得られなかったことを正直に話した。メンバーが目に見えて意気消沈する。

「でも、だからって手をこまねいているつもりはない。SNSの投稿の件は、何としてでも真相を突き止めるべきだと思うの。もう少し、詳しく話を聞かせてくれる？」

わかりました、と浦賀がうなずいた。

始まりは一月中旬のことだった。深夜一時半ごろに、ムジクのアカウントから、直前のイベントで共演した人気バンドを中傷する投稿がなされた。

「最初に投稿を発見したのはオレです」

と、津崎が手を挙げる。

「投稿から、二十分くらい経ってたかな。見つけた瞬間は血の気が引きました。急いで削除したけど、すでに拡散されてしまっていて、スクリーンショットも出回っていた」

誰かが投稿の画面を保存したうえで、SNSに再投稿したのだ。元の投稿を削除しても、記録が残ってしまう。

「削除したあと、津崎くんはどう対応したの」

「まず、メンバーに連絡を取りました。浦賀と鮫島はすぐに返信が来たけど、佐久間は反応がなくて……」

「あの時間はもう寝ちゃってて、連絡に気づかなかったんだよ」

佐久間は言う。時刻を考えれば、寝ていても不思議ではない。

「オレと浦賀、鮫島はそろって投稿なんかしてないって主張したから、佐久間のせいかもしれないってことになって。翌朝になってようやく、佐久間が自分の仕業でもないって反論してきたんです」

「最初はあたしたちも、お互いの言うことを信じました。それで、アカウントを乗っ取られたんじゃないかってことになって、パスワードを変更したんです」

当該SNSはアカウントIDとパスワードでログインする形だ。IDは常に公開されているので、パスワードさえ入手すれば、そのアカウントには自由にログインできることになる。したがって乗っ取りというのは、たとえばパスワードが外部に洩れたケースなどが考えられる。

「パスワードをメンバー以外の誰かに教えたり、洩らしたりした心当たりは？」

この問いには、浦賀が答えた。

「メンバーは誰も、自分のせいだと認めはしませんでした。とはいえ、もう長いこと変更していなかったパスワードです。何かの拍子で洩れた可能性もないとは言えません。だからこの機会に変更して、今度こそ洩らさないようにと誓い合ったんですが――」

二度目の投稿は最初の投稿からおよそ一ヶ月後、二月中旬の、やはり深夜の時間帯だった。またしても、共演したばかりの人気バンドを厳しく批判する内容だった。

「あのときは、俺が見つけて投稿を消したんだよ」

と鮫島。すぐさまメンバーに連絡を取ったものの、今度は津崎のみ返信がなかった。ではその時間、津崎が何をしていたのかというと、

「寝てたよ。オレ、寝るときはスマホの音を消してるんだ。神経質で、ちょっとした音でもすぐ目が覚めちまうから」

それなら夜中の連絡に反応できなくて当然だ。津崎が事態を把握したのは、翌朝のことだったという。

次の日、ムジクのメンバーは事務所に集められ、事務所の社員を交えて話し合いの場を持った。しかしこのときも、メンバー全員が投稿を認めず、さらにはパスワードの漏洩《ろうえい》も強く否定した。

「まだ、パスワードを変えてたったのひと月だったんですよ。二度とあんなことが

起きないよう、いつにもまして注意してたから、第三者にパスワードを知られるなんてありえません」

浦賀は語気を強めるが、部外者にパスワードの入手が不可能だったということは、裏を返せば投稿できたのはメンバーだけだったことになる。自分に落ち度はなかったと彼らが強調すればするほど、メンバー間での疑いはますます膨らんでしまった。

事務所からはアカウントの閉鎖を勧告され、話し合いは長時間に及んだという。しかしムジクのメンバーが必死で粘った結果、再度パスワードを変更することで、ひとまずその場は収まった。

ところが、そんな彼らの奮闘をあざ笑うかのように、三月上旬の深夜、第三の投稿がなされたのだった。浦賀が口を開く。

「あのときは、あたしが投稿を見つけて削除したんだったね。またメンバー全員に連絡を取って、津崎と佐久間からは返信が来たけど……」

「俺、その晩は飲み会で、かなり酔っ払ってたからな。家に帰ってすぐ寝ちまって、朝まで目を醒まさなかったよ」

まるで開き直ったような態度で、鮫島が弁明する。

投稿は前の二件と同様、以前共演したバンドを中傷するもので、共演時のライブの内容にも触れており、いかにもメンバーによる投稿らしく見えた。ＳＮＳ上でも、バンド側は乗っ取りと説明していたにもかかわらず、メンバーが酔った勢いで投稿しているのだろう、という見方が優勢になっていた。

「私はマネージャーとして、可能な限りメンバーの側に立ってきました。ですが、三度も繰り返されたとなると、もはやかばいきれません。アカウントを閉鎖しないまでも、問題が解決するまでのあいだ、凍結させることにしたのはやむを得ない措置でした」

マネージャーの男性が、重々しい口調で言う。メンバーもこれには逆らえなかった。一応、警察にも相談しているらしいが、いまのところ乗っ取りの痕跡が発見されていないこと、また事務所やメンバー自身もメンバーのうちの誰かが投稿しているのではないかという疑いを拭えずにいることから、事態は好転していない。

ひととおり経緯を振り返ったところで、わたしは所感を述べた。

「聞けば聞くほど、メンバー以外に投稿はできなかったように思えるね」

佐久間が傷ついたような表情を見せる。

「音無さんも、やっぱりおれらのこと疑ってるんですね」

「そうじゃなくて」わたしは慌てて言葉を継ぐ。「一筋縄じゃいかない、と思ってるだけ。あくまでも、わたしは第三者による仕業だという前提に立ってる」

「でも、投稿する方法がないんですよ」

津崎は心から不思議そうにしている。

とりあえず、わたしは思いついたことを口にした。

「パスワードを盗まれる以外にも、ほかのアプリやサービスとの連携が乗っ取りにつながるケースがある、って聞いたことがあるよ」

「それはもう、さんざん調べました。怪しい痕跡は何ひとつありませんでした」

浦賀が保証する。さすがにそのくらいのことは、自分たちでも検討したようだ。

「あのSNSって、どの端末から投稿されたかはわかんないの？」

「そこまでは記録されないみたいです」

「でもさ、確かログイン履歴が見られるんじゃなかったっけ。それはどうなってるの」

ログイン履歴とは、どの端末からアカウントにログインしたかの記録だ。ムジクの場合、各メンバーのスマートフォンやパソコン、タブレットからログインした日時の記録が、すべて残っているはずだ。履歴の中に誰も覚えのない記録があれば、それが乗っ取りに使われた端末ということになる。

しかし、佐久間の返答は芳しくなかった。

「それも調べました。でも、不審なログイン履歴は、一件も残ってなかったんです」

すんでのところで、わたしは口をつぐんだ——メンバーの所有する以外の端末からログインされていないのであれば、メンバーの端末から投稿されたとしか考えられないではないか。

重苦しい沈黙が流れる。耐えきれなくなったようにマネージャーが箸を手に取ったのを皮切りに、わたしたちはしばらく無言で料理をつついた。刺身の質は高く、煮物の味つけも丁寧であることがわかるのに、味覚と快感が結びついてくれないのか、まるで砂を嚙むような食事だった。

口を動かしながら、わたしは考える。まだ、投稿がメンバーによるものだと断定するのは早計だ。ログイン履歴なんて見落としただけかもしれない。乗っ取りが起きたとしたら、という想定で、わたしは議論を再開する。

「もう一度訊くけど、本当にパスワードの漏洩はなかったのね？」

うんざりした様子で、津崎が答えた。

「一回だけならあったかもしれませんけど、変更直後のパスワードも含めて三回も洩れたなんてのは、ちょっと考えられませんよ。オレたち、変更したパスワードを紙に書き留めたりもしなかったし」

だとすると、ほかにどんな方法があるだろうか。必死で知恵を絞ったわたしは、ほかの可能性に思い至った。

「同居する家族に、勝手に端末を触られたっていうのは？」

それなら端末はあくまでメンバーのものだから、ログイン履歴に不審な痕跡は残らない。加えて、ログインしっぱなしの端末から投稿するのであれば、パスワードも不要だ。

われながら冴えてる。そう思ったのだが、浦賀の表情は冴えない。

「どうですかね。あたしと佐久間と津崎はひとり暮らしですよ」

「問題の投稿が起きたときには、寝ていたか起きていたかは別として、メンバー全員が三度とも自宅にいたことはわかってるから、ほかの人間が触ったとも考えられないしな」

佐久間が言い添える。

となると、おのずと視線が鮫島に向く。彼は手を振った。

「待ってくれよ。確かに俺はいま、彼女と同棲《どうせい》してる。だが、一度目と二度目の投稿のとき、おれは起きていて、自分のスマホもパソコンも手の届く範囲にあった。彼女も含めて、誰かがいじったなんてことはありえない」

「三回目のときは？　鮫島くん、寝てたんだよね」

「あの晩は、彼女が実家に帰ってて、うちにはいなかったんです。だから俺、たまにはと思って痛飲したんですよ」

鮫島の言葉をどこまで信用していいのかは一考の余地があるものの、彼らの発言を疑い始めたらキリがない。メンバーの潔白を信じると決めた以上、彼らは事実を話していると仮定すべきだろう。

「そもそも、投稿は間違いなくその時刻になされたものなのかな。予約投稿機能とか、ありそうな気もするけど」

あらかじめ設定しておいた時刻に、自動で投稿してくれる機能のことだ。仮に予約投稿されたのだとすれば、投稿の瞬間には誰にも端末を触らせなかった、というメンバーの主張は意味をなさなくなる。

このことは、犯人がメンバーの端末を、本人の目を盗んで操作し即座に投稿した場合、端末の近くにいた者が確実に疑われることと表裏一体だ。すなわち予約投稿には、犯人にとって疑われにくくなるというメリットがある。

だが、津崎の冷静な反論に遭った。

「あのSNS、予約投稿機能はないみたいです。公式だけじゃなく、外部のサービスも含めて」

彼らの話し合いの中で、予約投稿の話題もすでに出ていたらしい。ネットで調べたが予約投稿をする方法は存在しなかった、と津崎は断言した。

そうなると、あれらの投稿はやはり深夜に送信されたものとしか考えられない。

そのときメンバーの端末は本人以外、誰にも扱えなかったことになり、どうやって投稿したのかという疑問が依然として立ちはだかる。

「うーん……クローン携帯、みたいなものがあるとか……」

聞きかじった単語を口にしてみるが、これは苦しまぎれにしか聞こえなかったようだ。

「クローン携帯って、携帯電話の中身をコピーするだけでしょ？　アカウントへのログイン状態まで同期されるとは思えないから、少なくともパスワード変更後はアカウントにログインできなかったはずですよ」

佐久間に否定され、この説も引っ込めざるを得ない。《どうやったのか》に関する議論は、完全に行き詰まってしまった。

しかし、打つ手がなくなったわけではない。手口など、犯人を突き止めればいくらでも聞き出せる。もっとも肝心なのは、《誰がやったのか》だ。

「ムジクのみんなは最近、誰かに敵意を向けられていると感じたことはない？」

「敵意、ですか」

「あるいは逆に、猛烈な好意とか……とにかく、ある種の怨念みたいなものを」

メンバーはしばし考え込む。そのあとで、佐久間がぽつりと言った。

「津崎のストーカーの件、とか？」

「ストーカー？」

反射的に訊き返す。見ると、津崎の顔色が優れない。

「ストーカーって決まったわけじゃないんですけど……あれは一月の終わりごろだったかな。夜中に寝ていると突然、玄関のドアをコンコンとノックされたことがあったんです」

「寝ている津崎くんを起こすくらい、大きな音だったの？」

「いや、控えめな音でした。でもオレ、小さい音でも起きちゃうことが多くて」

先ほど津崎は、神経質でちょっとした音でも目が覚めるから、寝るときはスマートフォンの音を消している、と話していた。控えめなノックの音なんて、わたしなら絶対気づかず眠り続けてしまうな、と思う。

「怖いけど、気になるじゃないですか。だからオレ、玄関まで行ってドアを開けたんですよ。でも、外には誰もいなくて。そのときは、気のせいかな、くらいに思ってたんですけど」

しかし、その後も週一くらいのペースで二度、同じことが繰り返された。深夜のノックと、誰もいない玄関。

「不気味だね」

わたしはわが身を抱く。女性からすると、本格的に身の危険を感じる出来事だ。

「津崎って、女性ファンが多いんですよ。だからそのときはメンバーも、ファンが津崎の自宅を突き止めて来たんじゃないか、夜中に起き出してくる津崎を遠巻きに見てるんじゃないか、なんて話してたんですけど」

とは佐久間の談だ。それで、ストーカーという呼称になったらしい。

「で、その後は？」

津崎は腑《ふ》に落ちない様子で答える。

「三度目を最後に、ぴたっとやみました。結局、何者の仕業だったのかはわからずじまいです」

気になる出来事ではある。しかし、そのストーカーが誰であるかが判明していない以上、中傷投稿の犯人を突き止めるのに役立つ情報とは言えない。そもそも、投稿とノックのあいだに関係を見出すことすら、現時点では困難だ。

「ほかに、あなたたちを恨んでいそうな人は？」

あらためて訊ねてみたものの、はっきりした返事はもらえなかった。浦賀がうなだれる。

「嫉妬とかもそれなりにある世界ですから、あたしたちがメジャーデビューしたことを、おもしろくないと感じる人がいても不思議ではないですけど……それが誰かと問われると、見当もつきません」

わたしはうなった。結局のところ容疑者は浮上せず、実行可能と見られる手口はメンバーみずから投稿するというものだけ。はっきり言ってお手上げだ。

五味渕の顔が頭をよぎる。彼なら、これだけの情報から真実を暴くことができるのだろうか。しかし、直後にはそっぽを向く彼の姿が想起され、イライラが募る。あんなやつ、誰が頼るもんか！

またしてもお通夜のようなムードで、メンバーもマネージャーも石館も、ちびちびとお酒を飲んでいる。わたしは虚勢を張った。

「きっと、わたしが真相を突き止めてみせるから。解散するかどうかの結論を出すのは、それまで待って」

7

大見得を切りはしたものの、わたしは五味渕のような、真実を見抜く推理力など持ちあわせていない。さて、どうしたものか。

「はあー」

ＲＱ編集部のデスクにて、わたしが人目もはばからずため息をついていると、大久保がそばにやってきた。

「どうした音無」

「編集長。実は……」

わたしはムジクのSNSの一件について、解決の兆しが見えないことを大久保に伝えた。特集を組めないか相談した際にもある程度説明はしていたのだが、あれから何の進展もないことを知ると、大久保は渋い顔をした。

「同情買おうったって、特集は組んでやれんぞ」

「それはもう、あきらめました。でも、どうしてもムジクを救いたくて……」

「適任者がいるじゃないか。音無、困ったときはいつも龍ちゃんを頼ってただろう」

五味淵と険悪になっていることは、大久保にはまだ言ってなかった。五味淵と大久保が友人であること、またわたしはRQの編集者として五味淵の世話になっている立場であることを踏まえると、打ち明ける度胸が湧かなかったのだ。

しかしこうなった以上、いつまでも隠してはおけない。わたしは腹をくくった。

「五味淵さんとは、少し前にケンカをしてしまいまして」

あのとき五味淵から言われたこと、その後謝罪を拒否されたことなどを、順を追って話す。幸い、大久保は怒らなかった。

「龍ちゃん、ああ見えて子供っぽいところあるからなあ」

苦笑している。わたしは頭を下げた。

「編集長のご紹介でしたのに、本当に申し訳ありません」

「それはいいけどよ。で、音無はどう思ってるんだ。龍ちゃんから言われたこと」

自分が偉くなったと勘違いして、無名のバンドを下に見ているのではないかという指摘だ。わたしはうつむいた。

「……的外れ、とも言いきれない自分がいます。無意識に、相手によって言葉を使い分けていたのは事実です。それに、確かにわたしの中には、RQ編集部に就職できたことで何かを成し遂げたという気持ちがありました。それが取材先のバンドを下に見ることにつながっていたんじゃないかと問われたら、強くは否定できません」

だから、一度は五味淵に謝ろうとしたのだ。相手にされず、叶わなかったけど。

大久保は少しの間をおいたのち、ちょっと待ってろ、と言ってわたしのデスクを離れた。五分ほど経ってから戻ってきた彼の手には、何かの紙がにぎられていた。

「読んでみ、これ」

差し出されるまま、紙を受け取る。メールの文面をプリントアウトしたものらしかった。

「これは……?」

「おまえ、俺が何のフォローもなしに、新人のおまえにいきなり連載を丸投げしたと思ってるだろ」

　そのとおりだったので、こくんと首を縦に振った。自分で言ったくせに、大久保は露骨にがっかりした顔をした。

「もうちょっと信頼してほしいもんだよ……ま、それはいいとして、このことは教えるつもりはなかったんだがな。俺はな、音無の書いたコラムやそのほかの記事が掲載されるたび、おまえの取材態度に問題がなかったか、取材先に確認して回ってたんだ。それに対する返答が、その紙に書いてある」

　全然知らなかった。大久保が編集長として、駆け出しのわたしをそんな風にバックアップしていたとは。

　わたしは紙に目を通す。一枚めは、いまは解散してしまった驟雨《しゅうう》のメンバーからのメールだ。ほかにもモノクロニシティやメイド・イン・タイド、そしてムジクなど、わたしがこれまで取材してきたバンドの名前が並んでいる。

　そこには、次のようなメッセージが記されていた。

〈バンドのよさを最大限引き出してくださった、ありがたい記事でした〉

〈音無さんはインタビューだけじゃなく、バンドの問題も解決しようと親身になってくれました〉

〈音無さんはとても話しやすくて、こちらもリラックスして臨めました〉

〈最初に音楽雑誌に取り上げてくれたのが音無さんでよかったです〉

〈また、音無さんとお仕事したいです〉

ぶわっと涙があふれ、止まらなくなった。そんなわたしの顔を見て、大久保が笑っている。

「こんなの……ずるいですよ」

鼻を詰まらせながら、わたしは抗議した。大久保が、わたしの肩を叩く。

「音無が一所懸命がんばってたこと、みんなわかってくれてたよ。見下されて不快だったなんて返信、ただの一件もなかった。どうだ、音無。これでもまだ、龍ちゃんの言うことのほうが正しいと思うか？」

言葉が出ない。それを見越して、大久保は続ける。

「確かに龍ちゃんは鋭くて、人をよく観察してる。けど、あいつの言うことがすべて正しいわけじゃないさ。音無には音無のやり方がある。俺は、そのままでいいと思うよ」

「編集長……ありがとうございます」

「わかったら、つまらない仲違《なかたが》いはもうおしまいにするんだな」

わたしは目元を拭い、やっと顔を上げた。

「わたし、謝ろうとしたんですよ。でも、五味淵さんが聞いてくれなくて」

「ふむ……だとしたら、確実に仲直りできる方法を選ぶ必要があるな」

「何か、アイデアがあるんですか？」

「あるよ。簡単だよ。いいか――」

それから大久保が授けてくれた方法は、なるほど名案だった。だったのだが、聞いた瞬間、わたしは力一杯叫んでいた。

「そんなの、絶っっっ対に嫌です！」

8

翌日の晩、わたしはその日のライブが終わるころを見計らってレジェンドへと足を向けた。いつもより重く感じられるドアを開けて入ると、五味淵はカウンターにもたれてタバコを吸っていた。

「五味淵さん」

わたしは声をかける。五味淵は、今日は顔を背けない。ついに謝罪を聞き入れる気になったのか、と思っていたら、彼はこちらの顔面に向かって煙を勢いよく吐きかけてきた。

この人、本当に最低だ。そう思ったが、わたしはこらえる。濡れた犬のように頭を振って煙を払い、言った。

「レジェンズのCD、聴きました。あの、『レジェンド・オブ・シモキタ（LP）』」

死んだような目をしていた五味淵が、ぴくりと反応した。わたしはすかさず次の一手を打つ。

「とてもよかったです。わたし、感激しました」

大久保の授けてくれたアイデアというのが、これだった。要するに、五味淵の作る音楽を褒《ほ》めろというのだ。

ライブハウスで初めて聴いた瞬間、あまりのダサさに悶絶《もんぜつ》した五味淵のバンドの楽曲。それが十曲四十分も詰まったアルバムを、わたしは昨年十二月に五味淵から押しつけられていた。触れるのすらおぞましく、開封もしていなかったそのCDを昨晩、意を決して頭から終わりまで聴いたのだ。

地獄の四十分間だった。クソダサが限界値を突破し、途中で何度も停止ボタンを押してCDを叩き割りそうになった。南国にいるみたいに頬が熱くなったり、雪国にいるみたいに寒気が走ったりした。感動ではなく辛苦の涙がこぼれた。しかし、聴くには聴いた。よかったというのも感激したというのも嘘八百だが、聴いたのだけは嘘ではない。だから、適当に褒め称《たた》えてもボロは出ないはずだった。

五味淵は目を伏せる。ちょっと顔が赤くなっている気がする。消え入るような声で、ぼそっとつぶやいた。

「……どこがよかった？」

「まずは、ストレートな歌詞ですね。気取ったことを言いたがるこのご時世に、一周回って心に響きました」

この仕事を始めて、そんなに好きでもない音楽を褒める技術には長《た》けた。五味淵に、わたしの言葉を疑う様子はない。

「ほかには？」

「演奏もすごく丁寧で、技術の高さがうかがい知れました。ギターのサウンドには、かなりのこだわりが感じられました」

「あとは？」

「何と言っても、五味淵さんのボーカルですね。セクシーで、迫力があって、だけどどこか切なくて。これだけのよさが詰まっていて、どうしてこの音楽が天下を取らないのか、不思議でなりません」

ついに、五味淵は顔を上げた。喜色満面とはこのことか、と感心させられるような笑顔だった。

「よくわかってんじゃねえか、オンタマ！」

勢いでハグまでされた。セクハラだ、と思ったが耐える。

大久保の授けてくれた方法は効果覿面《てきめん》だった。感情を普段あまり表に出さない五味淵が、ここまで上機嫌になるとは。仲直りは成功した——ただ、そのためにわたしは、ロックの悪魔に大切な魂を売り渡したような気分になったけれど。

「いやあ、オンタマならわかってくれると思ってたんだよ。何たっておたく、連載を続けるうちにどんどん、いい音楽を聴き分けられるようになってきてたからなあ。ほら、あのアルバムのどこがよかったか、もっと聞かせてみ?」

それからわたしはたっぷり三十分、心にもないおべっかを並べ立て続ける羽目になった。それもこれも、ここで五味淵の機嫌を損ねたらゆうべのわたしの辛抱が水の泡だからだ。そうして五味淵が満足し、お腹いっぱいとでも言いたげな表情を浮かべる段になってようやく、わたしは本題を切り出した。

「そんな、稀代《きだい》のソングライターであり最高のフロントマンの五味淵さんに、折り入って頼みごとがあるんですけど」

「なに、そんなに俺の力が必要か。しょうがねえなあ、オンタマ。特別だぞ? 何でも言ってみろ」

わたしはムジクのSNSのトラブルについて、先日の打ち上げで聞いた内容をもとに、詳細を伝えた。五味淵はもう、わたしがムジクを助けようとしていることに対してごちゃごちゃ腐してきたりはしなかった。

「……というわけなんですけど、五味淵さん、何か気づいたことはありませんか？」

ひととおり話し終えたところで訊ねる。五味淵は神妙な顔で考え込んだのち、こんなことを言い出した。

「ムジクのメンバーを集められるか。確かめたいことがある」

この時間では難しいだろうと思いつつ連絡してみると、何とも都合のいいことに、メンバー全員からすぐに向かうと返信があった。およそ一時間後には、レジェンドにムジクのメンバー四人の姿がそろった。

わたしは、五味淵がいきなりこの中にいる犯人を指摘するのではないか、と構えたが、そのような展開にはならなかった。代わりに、彼はメンバーに対して要求する。

「いまからおまえらに、あるものを見せてもらいたい」

四人のメンバーは、いちように当惑を示した。浦賀が代表して口を開く。

「何か持ってこいなんて、言われてませんけど」

「大丈夫だ。おまえらがいま、必ず持っているものだから」

そうして五味淵はその《あるもの》を告げた。それは確かに彼らが持っているに違いないもので、事実彼らはすぐさま五味淵の指示にしたがった。

差し出された四つの《あるもの》を見比べたあとで、五味淵はつぶやく。

「やはりな」

「五味淵さん、何かわかったんですか」

五味淵はうなずく。続いて彼が放った言葉は、あまりにも予想とかけ離れたものだった。

「この一件——ひょっとしたら、悪いのは俺だったのかもしれないな」

9

五味淵との会合から一夜明け、ムジクのSNSのアカウントは復旧した。たびたび世間を騒がせたことに対する謝罪と、今後はいっそう慎重に運営していく旨の誓いが投稿された。

それから一週間は何ごともなく過ぎた。さらに一週間が過ぎようとしていたある日の深夜、わたしのもとに佐久間基信から連絡が入った。

〈音無さん、すぐにおれの家まで来てください。住所は——〉

ついにこのときがやってきた。メッセージを確認すると、わたしはただちに五味淵に知らせた。彼からは間髪《かんはつ》を容《い》れず〈急行する〉と返信が来た。

佐久間の自宅アパートの前で、五味淵と合流する。メッセージに記された部屋のドアをインターホンも鳴らさずに開くと、室内にはムジクのメンバーが勢ぞろいしていた。その四人に囲まれるようにして、床に正座している人影が見える。

近づいて、わたしは言った。

「やっぱり、あなたが犯人だったのね」

「……何の話ですか」

垂らした前髪の奥に目を隠し、石館亜美は震える声で、それでも犯行を否認した。

――五味淵の要望で、ムジクのメンバーがレジェンドに集った日のこと。

五味淵が、見せてもらいたいと言った《あるもの》――それは、自宅のカギだった。

「カギなら事前に言われなくても、確実に持っているものではありますね」

納得するわたしをよそに、メンバーはそれぞれバッグやポケットからカギを取り出して五味淵に見せる。男性三人のカギは、ピンシリンダー錠と呼ばれる一般的なもので、浦賀のカギだけが複製の難しいディンプルキーだった。

しかし、カギなんか見せてもらってどうするのだろう。そういぶかしんでいたわたしは、五味淵が「やはりな」とつぶやき、さらには「悪いのは俺」とまで言い出したので仰天してしまった。

「どういうことですか。五味淵さんが悪い？　カギとSNSの投稿に、いったい何の関係が」

五味淵はメンバーにカギをしまわせたのち、語り出した。

「パスワードの漏洩が考えにくく、不審なログイン履歴も残ってない以上、問題の投稿はメンバーが持つ、すでにログインされた端末を通じてなされたと見るのが合理的だ」

「やっぱりおれたちを疑ってるんですか」

食ってかかろうとした佐久間を、五味淵は手のひらで制した。

「そうじゃない。ついでに言えば、鮫島の同棲中の彼女も疑っていない。まったく別の何者かが、きみたちの端末をこっそり操作したものと考えている」

それでメンバーはひとまず安堵したようだったが、わたしは受け入れることができなかった。

「どうやって？　投稿がなされた瞬間、メンバーはみんな自宅にいて、スマホやパソコンを誰にも触らせなかったはずなんですよ」

「そうとも限らないだろう。眠っていたやつがいたんだから」

束《つか》の間《ま》、凍りついたような沈黙が流れた。そのあとでわたしは、信じがたい気持ちで言った。

「まさか――メンバーが眠っているあいだに、その人の端末から投稿したってことですか」

「そのとおりだ。眠っているメンバーの自宅に侵入して、な」

メンバー四人の顔に、絶望に似た色が広がった。

「待ってください。投稿のたびにひとり、寝ていたメンバーがいたのは事実です。でも、それはバラバラだったんですよ。誰かひとりの自宅に繰り返し侵入していた、というのでは成り立たない」

佐久間が青ざめて反論するが、彼は五味淵の次の返答を予期していたようにも見えた。

「だったら、犯人はそれぞれのメンバーの自宅に侵入していたんだろう。投稿は毎回違う端末から――十中八九、スマホだろうが――なされていたんだ」

つまり、犯人は少なくとも三人の自宅に――最初の投稿のときには佐久間の、二回目のときには津崎の、そして三回目のときには鮫島の自宅に侵入していた。

「そんなバカな……寝ているときには当然、家にはカギをかけていますよ」

鮫島が言い返すも、五味淵は平然としている。

「じゃあ、犯人は合いカギを持っていたんだな」

「全員分の？　どうやって入手したっていうんですか」

「あるじゃないか。一挙に手に入れられるタイミングが」

一同がきょとんとしているのを見て、五味淵は付け加えた。

「だからさっき、悪いのは俺、と言ったんだ」

それで、わたしはようやくピンときた。

「ライブの出演中、ですね。往々にして、貴重品の管理がずさんになります」

わたしもライブハウスでの出演経験があるからわかるが、出演者の貴重品の管理は意外と面倒な問題だ。わたしはステージに持って上がったり、信頼できる知人にあずけたりして対応していたけれど、それでもせいぜい財布とスマートフォンくらいで、家のカギは放置していた。ライブハウスの控え室は誰でも入れるようになっていることがめずらしくないから、悪意ある者の手にかかれば、出演者が置きっぱなしにしている荷物の中からカギを取り出すくらいわけもなかっただろう。

五味淵は大きくうなずいてみせる。

「ムジクの出演中に控え室に移動し、複製用の粘土を用いるなどしてメンバーの合いカギをまとめて手に入れるのは、それほど難しくなかったはずだ。だとしたら、ムジクが根城にしていたうちのライブハウスで犯行がおこなわれた可能性は高い」

実際、レジェンドの控え室は出演する全バンドが共同で使うので、関係者以外が入っていても怪しまれるおそれは少ない。また演奏中はそもそも控え室に人がいないことも多く、犯人が合いカギを作る機会はじゅうぶんあったと思われる。

「だとしたら、一番悪いのは言うまでもなく犯人だが、俺にも悪い部分はあった。レジェンドでは出演者の貴重品の管理について、これと言って対策をしてこなかったから」

貴重品の管理は原則自己責任を謳《うた》うライブハウスが少なくない中で、五味淵を責めるのは酷というものだろう。これはレジェンドのみならず、ライブハウス業界全体で考えるべき問題なのかもしれない。

「合いカギの存在に思い至ったのはわかりましたけど、さっきあたしたちにカギを見せてほしいと言ったのは、何の目的があったんですか」

首をかしげた浦賀を、五味淵は鋭く見返した。

「俺は、女性の浦賀が防犯設備の整った自宅に住んでおり、複製の難しいカギを使っているのではないか、と考えた。だから犯人は浦賀の家には侵入しなかった、というよりできなかったのではないか、とな。その想像が当たっていたから、犯人が合いカギを作ってメンバーの自宅に侵入していたという推理は正しい、との確信を深めたんだ」

三度とも投稿の瞬間に起きていた浦賀の自宅に、犯人が侵入しなかったことは間

違いない。だが、

「たまたまあたしが四人目に回されたとは考えなかったんですか」

これに、五味淵はかぶりを振った。

「犯人が眠っているメンバーの自宅に侵入してスマホを操作するという方法を採る場合、きみより先に鮫島を標的にするとは考えにくい。なぜなら、独り暮らしのきみと違って、彼には同棲する恋人がいるんだからな」

犯人は住居侵入罪を犯しているのだから当然、侵入の現場を家主に見つかることは何としても避けたかったはずだ。ならば住人が二人の家よりは、ひとりの家のほうが明らかに安全である。にもかかわらず、浦賀の自宅より先に鮫島の自宅に侵入しているということは、浦賀の自宅には侵入したくてもできない理由があった——五味淵は四人のカギを確かめることにより、この推理が正しかったことを証明したのだ。

「渚の家には入れなかったとしても、残り三人の家に順番に入ることはなかったんじゃないですか。誰かひとりの家に、繰り返し入るだけでいいと思うんですけど」

佐久間の疑問も、五味淵は一蹴する。

「同じ人間が寝ているときにばかり投稿がなされたら、誰だってその方法に勘づくさ。それを防ぐために、犯人は危険を冒してでも、別のメンバーの自宅へ侵入したんだ」

「ていうか、犯人はどうやって俺たちの家の場所を知ったんですか」

鮫島がやや青ざめて問う。

「ライブ終わりにでも、あとをつければいいだけの話だろう。難しくはない」

「じゃあ、俺たちが眠っているかどうかを犯人が知った方法は？」

「部屋の外から窓を監視して、明かりが消えるのを待っていたんじゃないか。しばらく待ってから家に行けば、住人は眠っている」

「そうとは限らないでしょう。明かりは消したけど、寝つけずにいるかもしれない」

「だから、犯人はドアをノックしていたんだろう」

「ノック？」津崎が声を裏返らせた。「じゃあ、あのストーカー騒ぎも無関係じゃなかったんですか」

「もちろんだ。犯人はドアをノックして、中にいる住人が動く気配がないことを確かめてから、カギを開けて侵入していたんだ。神経質な津崎だけがそれに反応して三度、目を覚ましたから、その晩は犯人も侵入をあきらめざるを得なかった。二回目の投稿は、犯人にしてみれば四度目の正直、といったところだったんだろうな」

「でも、自宅への侵入に成功して、住人を起こすことなくスマホを入手してもまだ、スマホのロックを突破しなきゃいけないという問題がありますよ」

わたしが挙げた問題点に対しても、五味淵は検討を怠っていなかった。

「PINやパスワードだろうとパターンだろうと、所有者が解除する瞬間にそばで盗み見て記憶すればいい話だ。指紋認証なら、寝ている本人の指に押しつけてみればいい。顔認証となると突破が難しいかもしれんが……使っているやつはいるか？」

手は挙がらなかった。四人のメンバーのうち二人がパターン、もう二人がPINでスマートフォンをロックしていた。

犯人が合いカギを用いて寝ているメンバーの自宅に侵入し、そのスマートフォンから投稿をおこなった。それが真相であるということに、もはや誰も異議を差しはさまなかった。恐ろしく手間のかかる、しかも危険な方法だ。たかがSNSの投稿にそれだけの執念を燃やした犯人のことを、わたしは恐ろしく感じた。

と、浦賀がおずおずと口を開いた。

「話を聞いていると……犯人はあたしたちのライブに来たことがあって、それも共演した三組ものバンドを批判できるほど頻繁に来ていて、メンバーの自宅を突き止められて、しかもスマホのロックを解除するところを見られるくらいに身近な人、ってことになりますけど。五味淵さんは、犯人に目星がついているんですか」

そういう彼女も、きっと該当する人物が思い浮かんでいたのだろう。五味淵は、答えを保留するような間を空けて言った。

「証拠はまだない。だから、犯人を罠《わな》にかけようと思っている。それにはおまえたちメンバーの協力が必要だ」

その罠とは、ムジクのＳＮＳのアカウントを再始動させ、犯人がもう一度投稿しなければと考えるよう誘導したうえで、メンバーの自宅に犯人が侵入してくるのをひたすら待つ、というものだった。五味淵は、合いカギがない点で浦賀を、同棲相手がいる点で鮫島を、ノックで起きるほど神経質な点で津崎を除外し、犯人は再び佐久間の自宅への侵入を試みるに違いない、と断言した。結果、犯人を捕まえる役目は佐久間が担うことになった。

狙いどおりにいく確率は、決して高くはなかったと思う——だが、犯人は罠にかかった。その正体とは、わたしたちが多少なりとも予想したとおり、石館亜美だった。

「しらばっくれても無駄よ。あなた、今晩ＳＮＳに新たな投稿をするつもりでこの家に侵入してきたんでしょう」

わたしが問い詰めると、石館は正座のままで苦しまぎれの反論をする。

「このアパートに入っていく佐久間さんの姿が見えたから、興味本位で家をのぞいてみただけで……SNSのことなんて知りません」

「スマホを操作したのだから、手袋はしていなかったんでしょう。きちんと調べれば、これまで侵入した部屋のどこかにあなたの指紋が残ってる。言い逃れはできない」

わたしが彼女の素手を見ながら言うと、石館は沈黙した。そもそも住居侵入の現行犯なのだ。警察の捜査が入れば、石館がほかのメンバーの自宅にも侵入した証拠は挙がるだろう。そうなるとSNSの件に関しても、否認を続けられるとは思えない。

「亜美……どうしてこんなことを?」

浦賀がひざをついて石館と視線を同じくし、問いかける。逡巡《しゅんじゅん》するような間をはさんで、石館は口を開いた。

「わからない。自分でもよくわからないの。ただ、あたし……渚のことがうらやましかった」

わたしは、石館が浦賀について「競い合うような気持ちもあったし、ともに戦ってるって意識も」あったと語っていたのを思い出した。

「渚と仲よくなった高校生のころは、あたしのほうが歌もギターもうまかったし、人前での演奏経験も多くて、渚よりも人気があった。それはたぶん、あたしの思い違いじゃなくて」

浦賀は異を唱えず、石館を見つめている。

「なのに、いつの間にか二人の立場は逆転してた。渚はムジクを組んで人気のバンドへと成長させ、一方であたしは女子高生というめずらしさを失い、音楽活動は以前よりもぱっとしなくなって、音楽をあきらめてしまった。時間が経てば経つほど、二人の差は開いていった」

残酷だが、そういうこともあるだろう。音楽の女神は、すべての者に均等に微笑むわけではないのだ。

「それでもあたし、渚のことを心の底から応援してた。ムジクのメジャーデビューが決まったときも、わがことのようにうれしかった……なのに、まったく同じ瞬間に、渚がうらやましくて仕方がない自分もいたの。渚の成功を喜ぶ自分と、嫉妬に狂う自分とで、あたしは引き裂かれてしまいそうだった……苦しくて、全部終わりにしたくて、気がついたらムジクの活動をめちゃくちゃにすることしか考えられなくなっていた。ムジクさえなくなれば、あたしはこの苦しみから解放されるんだって」

石館は両手を床につき、涙の粒をこぼしながらあえぐ。

わたしはムジクのメンバーを見回す。石館の仕打ちに激怒してもいいはずなのに、彼らの顔には怒りではなく憐《あわ》れみばかりが浮かんでいた。これまでライブに欠かさず足を運び、打ち上げにも顔を出してきた石館に対し、浦賀はもとよりほかのメンバーも怒るに怒れなくなっているのだ。

何の非もないムジクを解散寸前にまで追い込んだ、石館の罪は重い。だけど、と思う。彼女が苦しめられた感情を、わたしも知っている。石館亜美は、一歩間違えばこうなってしまっていたかもしれないわたし自身の姿でもある。そのわたしが、これから石館を警察に突き出して、それでおしまいにして本当にいいのだろうか。

わたしは一歩、踏み出した。そして浦賀を押しのけると、石館の正面に立った。

「あのね、わたしも前、バンドをやってたの。プロになるのを夢見たこともある」

石館が、ぐしゃぐしゃになった顔を上げる。

「その夢は叶わなかったけれど、いまはこうしてRQの編集者として、それなりに充実した毎日を送ってる。やりがいを感じているから、プロのミュージシャンになれなかった自分を卑下することは、もうない」

RQの編集者になれたことは、確かに一時期の自分をなぐさめてくれた。だけどそれに満足していたら、おそらくわたしは慢心し、仕事に打ち込むこともなかった。わたしが一所懸命だったことは、大久保が見せてくれたあのメールの数々が証明している。

何者になるか、は結末ではない。たとえミュージシャンになれたって、しょうもない音楽やへなちょこの演奏ばかりしていたら、やっぱりわたしは自分を卑下するしかなくなっていただろう。

何になったっていい。そこで自分がどうあるか、が大切なのだ。

「ミュージシャンになるだけが幸せじゃない。有名になったり、人から羨望される仕事に就いたりすることだけが幸せじゃない。あなたもきっと、これから何者かになっていくはず。人の足を引っ張る暇があったらさ、かつての音楽のように自分が夢中になれるものを探して、精一杯がんばってみようよ」

それはまだ社会人一年目のわたしの、青臭いきれいごとだったのかもしれない──だけど、石館はうなずいた。

「はい……あたし、がんばります」

石館があらためてメンバーに頭を下げる。許す、という表現は乱暴だろう。それでも、メンバーのあいだには弛緩《しかん》したような空気が漂った。

どうでしたか、と訊ねるように、わたしは五味淵のほうを振り返る。

五味淵は、笑っていた。

10

ムジクのメンバーはことを大きくしたくないと考えていたようだが、石館から受けた被害に鑑《かんが》みると、さすがに無罪放免というわけにはいかなかった。石館は浦賀に付き添われて警察に出頭し、住居侵入罪などいくつかの罪で罰せられることとなった。

供述の中で、石館は合いカギを作ったのがレジェンドの控え室であったことを認めた。ムジクのライブの本番中に忍び込み、型を取ったのだという。五味淵は責任の一端を感じ、ただちにレジェンドの控え室にコインロッカーを設置した。

ムジクがSNSのアカウント上で中傷投稿の真相を説明すると、巷《ちまた》ではそれまで非難に満ちていたのが一転、バンドへの同情が多く集まった。皮肉なことに一連の騒動でムジクの知名度は跳ね上がり、リリース時にはさっぱり売れなかったデビューアルバムがじわじわ売れ始めているのだという。石館はバンドを解散に追い込むつもりで、反対に彼らを経済的苦境から助け出したという見方もできるのだから、つくづく人生というのは何が起きるかわからない。まあ事情はどうあれ、素晴らしい作品が売れるのはよいことだ。

というわけで、ムジクはめでたく解散を撤回した。結局のところは五味淵の手柄だけれど、わたしはムジクを解散の危機から救うことができた。何もかもが解決して、本当によかったと思う。

そして、四月──わたしは晴れて、社会人二年目を迎えた。

「音無、ちょっと来い」

RQの最新号が校了した四月下旬のある日、わたしは大久保に呼ばれ、彼のデスクへと赴いた。

「何でしょう、編集長」

大久保は回転椅子の背もたれに身をあずけ、告げた。

「おまえのコラム、七月には次の新人に引き継がせるから」

はっとした。だが、考えてみれば当然の流れだ。

「音無には今後、もっと活躍しているバンドやミュージシャンについてもらうことになる。そのつもりで準備しとけよ……おい、聞いてんのか？」

やけにおとなしいな音無、などとダジャレを言う大久保の声を、わたしは上の空で聞き流していた。

そうか──わたしはもう、レジェンドにかよわなくてもよくなるのだ。

新年度は慌ただしく過ぎて六月、わたしは最後の連載の原稿を書き上げると、レジェンドに足を向けた。

下北沢駅を出る。待ち合わせをする人たちがいる。劇場のチケットを売る劇団員がいる。何度となく通った南口商店街は、相変わらず活気に満ちている。ふと見上げると、初めて訪れた日とよく似た、暮れかかる空が広がっていた。

この一年のあいだにも、駅前の再開発で下北沢の風景はずいぶん変わった。まだ工事は続いているようだから、これからもどんどん変わっていくのだろう。

でも、この街のあちこちに灯《とも》り続ける音楽への情熱は、きっといつまでも変わっていない。変わってほしくないな、と思う。

雑居ビルのエレベーターで三階に上がり、重たいドアを開く。今日もフロアの隅でタバコを吸う五味淵のもとへ歩み寄ると、わたしは深々と頭を下げた。

「一年間、お世話になりました。おかげさまでコラムの連載、わたしの担当分がすべて終了しました」

そうか、と五味淵がつぶやく。わたしは顔を上げた。

「もう、わたしがこれまでのように五味淵さんのお手をわずらわせることはないでしょう。その代わり、連載は新人に引き継がせますから、その新人がまたお世話になることもあるかと思います。どうぞよろしくお願いいたします」

五味淵は煙を吐き出すと、笑みを浮かべて言った。

「おたくの顔、見なくて済むと思うとせいせいするよ」

わたしはにっこり笑って言い返した。

「ええ。わたしもです」

何となく立ち去りがたくて、わたしはその場で自分のパンプスの爪先を見つめていた。丸々一本、タバコを吸い終えるくらいの時間が流れたところで、五味淵がぼそぼそと聞き取りづらい声でささやいた。

「……ま、オンタマはどうせ暇なんだろうし、たまには来てもいいんだぞ」

まったく、素直じゃない人だ——だけど、そんな言葉を聞かせてほしくて、わたしは立ち去らずにいたのだと思う。

「そうですね。わたし、すっごく忙しいんですけど、かわいい後輩の面倒も見なきゃいけないし、気が向いたらまた来ます」

わたしはそう告げた。うれしくて口元がつい緩むのを、隠すのに難儀した。

ライブを観ていってもよかったのだが、気恥ずかしいので帰ろうと思った。たぶん、五味淵も似たような心境だったろう。こちらも見ずに、すごいペースでタバコを灰にしている。

五味淵に一礼して、わたしはきびすを返そうとした。そのとき、ハンドバッグに入れていたスマートフォンが振動した。電話の着信だ。画面を見ると、〈大久保祥一〉とある。

「はい、音無です」

まだ開演前で静かだったので、わたしはその場で電話に出た。編集長の声は、いつも呑気な彼にはめずらしく切羽詰まって聞こえた。

「落ち着いて聞いてくれ、音無」

「はあ……何でしょう」

困惑する。編集長が電話の向こうで、深く息を吸う音が聞こえた。

「新人が、辞めた」

「……は?」

「辞めちまったんだよ。さっき、辞表を提出していった。引き止めたが、翻意する気はさらさらないらしい」

わたしは耳を疑った。音楽を愛する誰もが憧れを抱き、数千倍の倍率を勝ち抜いてやっと採用されたRQ編集部を、辞めた? それも、たったの二ヶ月で?

「理由は何なんですか」

「一身上の都合、とのことだ。詳しく聞いても要領を得ないから、きっと大した理由なんてないんだろう」

愕然とする。わたしが誇りを持ち、持ちすぎたゆえに五味淵からは思い上がりだと断じられ、それでも人生のある時期を確かに支えてくれたＲＱ編集者の肩書も、ほかの誰かにとっては大して価値のないものだったらしい。

　ＲＱは少数精鋭で作られており、編集部の毎年の募集人員は少ない。募集をかけない年もあるくらいだ。今年の新人も、ひとりしか採っていなかった。

「そういうわけだから、音無」

「はい」

「また一年間、おまえには例のコラムの連載を続けてもらう。よろしく頼むぞ」

　電話は切れた。抜け殻のようになって立ち尽くすわたしに、五味淵が怪訝《けげん》そうな目を向けてくる。

「どうした、オンタマ」

　わたしは体の前で手を組むと、もう一度、五味淵に向かって深々と頭を下げた。

「五味淵さん——これからも、どうぞよろしくお願いします！」

　顔を上げる。五味淵の開いた口から、短くなったタバコがぽろりと落ちた。


　今日も下北沢で、あるいはまた別の街で、日本じゅうで、ミュージシャンたちが音楽に情熱を注いでいる。

　一介の雑誌編集者たるわたしが、彼らの力になれることは少ない。だけど、素晴らしい音楽を作っている人たちが、何の憂いもなく音楽で生活していける世の中ならいいなと思う。誰だって音楽に励まされ、なぐさめられ、楽しませてもらいながら生きているのだから。

彼らを応援するためにわたしは、自分にできることを全力でやっていきたい。大好きな音楽に、この人生を捧《ささ》げたい。そして、ミュージシャンたちの叫びを――絶望を、孤独を、幸福を、歓喜を、魂を聴ける人でありたい。それが、わたしがわたしで、音無多摩子であることの意味だと思うから。

まだまだ未熟な若手編集者だけれど、これからもがんばっていこう――どんなに小さな音にも、しっかり耳を傾けながら。

Special thanks:Yasuda

〈参考文献〉
『ミュージシャンになる方法　増補版』加茂啓太郎　青弓社

『下北沢インディーズ』（実業之日本社、二〇一九年刊行）を文庫化に際し、改題しました。

本作品はフィクションであり、実在の個人・団体とはいっさい関係ありません。（編集部）

実業之日本社文庫　好評既刊

有栖川有栖
幻想運河
水の都、大阪とアムステルダム。遠き運河の彼方から静かな謎が流れ来る——。バラバラ死体と狂気の幻想が織りなす傑作長編ミステリー。（解説・関根亨）
あ15 1

有栖川有栖
ジュリエットの悲鳴
密室、アリバイ、どんでん返し……。有栖川有栖から読者諸君へ、12の挑戦状をおくる！　驚愕と嗤い溢れる傑作＆異色ミステリ短編集。（解説・井上雅彦）
あ15 2

伊坂幸太郎
砂漠
この一冊で世界が変わる、かもしれない。一瞬で過ぎる学生時代の瑞々しさと切なさを描いた一生モノの傑作長編！　小社文庫限定の書き下ろしあとがき収録。
い12 1

伊坂幸太郎
フーガはユーガ
優我はファミレスで一人の男に語り出す。双子の弟・風我のこと、幸せでなかった子供時代のこと、「アレ」のこと。本屋大賞ノミネート作品！（解説・瀧井朝世）
い12 2

大山誠一郎
アリバイ崩し承ります
美谷時計店には「アリバイ崩し承ります」という貼り紙がある。店主の美谷時乃は、7つの事件や謎を解決できるのか!?（解説・乾くるみ）
お8 1

実業之日本社文庫　好評既刊

実業之日本社文庫　好評既刊

知念実希人　崩れる脳を抱きしめて

研修医のもとに、彼女の死の知らせが届く……。愛した彼女は本当に死んだのか？　驚愕し、感動する、恋愛ミステリー。著者初の本屋大賞ノミネート作品！

ち16

似鳥 鶏　名探偵誕生

神様、どうか彼女に幸福を――僕が事件に出会うたびに助けてくれたのは、隣に住む名探偵だった。精緻なミステリと瑞々しい青春が高純度で結晶した傑作。

に91

貫井徳郎　微笑む人

エリート銀行員が妻子を殺害。事件の真実を小説家が追うが……。理解できない犯罪の怖さを描く、ミステリーの常識を超えた衝撃作。（解説・末國善己）

ぬ11

貫井徳郎　プリズム

小学校の女性教師が自宅で死体となって発見された。しかし、犯人は捕まらない。誰が犯人なのか。本格ミステリの極北、衝撃の問題作！（解説・千街晶之）

ぬ12

貫井徳郎　追憶のかけら　現代語版

大学講師・松嶋は自殺した作家の未発表手記を入手。自殺の真相を究明しようとするが……。辿り着いた真実とは？　圧巻のミステリ巨編！（解説・野地嘉文）

ぬ13

実業之日本社文庫　好評既刊

東川篤哉
放課後はミステリーとともに
鯉ケ窪学園の放課後は謎の事件でいっぱい。探偵部副部長・霧ケ峰涼のギャグは冴えるが推理は五里霧中。果たして謎を解くのは誰？（解説・三島政幸）
ひ４１

東川篤哉
探偵部への挑戦状　放課後はミステリーとともに
美少女ライバル・大金うるるが霧ケ峰涼の前に現れた――探偵部対ミステリ研究会、名探偵は『ミスコン』＝ミステリ・コンテストで大暴れ!?（解説・関根亨）
ひ４２

東野圭吾
白銀ジャック
ゲレンデの下に爆弾が埋まっている――圧倒的な疾走感で読者を翻弄する、痛快サスペンス！　発売直後に１００万部突破の、いきなり文庫化作品。

ひ１１

東野圭吾
疾風ロンド
生物兵器を雪山に埋めた犯人からの手がかりは、スキー場らしき場所で撮られたテディベアの写真のみ。ラスト１頁まで気が抜けない娯楽快作、文庫書き下ろし！

ひ１２

東野圭吾
雪煙チェイス
殺人の容疑をかけられた青年が、アリバイを証明できる唯一の人物――謎の美人スノーボーダーを追う。どんでん返し連続の痛快ノンストップ・ミステリー！

ひ１３

実業之日本社文庫 お121

下北沢《しもきたざわ》インディーズ　ライブハウスの名探偵《めいたんてい》

2022年10月15日　初版第1刷発行

著　者　岡崎琢磨《おかざきたくま》

発行者　岩野裕一
発行所　株式会社実業之日本社
〒107-0062　東京都港区南青山5-4-30
emergence aoyama complex 3F
電話［編集］03(6809)0473［販売］03(6809)0495
ホームページ　https://www.j-n.co.jp/
ＤＴＰ　ラッシュ
印刷所　大日本印刷株式会社
製本所　大日本印刷株式会社

フォーマットデザイン　鈴木正道（Suzuki Design）

ISBN978-4-408-55758-8（第二文芸）